Mosaik
bei GOLDMANN

Buch

Wer seinen Traumjob bekommen will, muss darauf achten, dass der Lebenslauf optimal präsentiert wird. Mit den Tipps von Sabine Hertwig für jugendliche Berufseinsteiger wird der Lebenslauf zum unverwechselbaren Spiegel der Persönlichkeit und der eigenen Fähigkeiten. Die Autorin verrät, was Personalchefs wissen wollen und worauf es bei der Bewerbung ankommt. Sie gibt Orientierungshilfen für die Berufswahl, damit der erste Lebenslauf gleich zielorientiert verfasst werden kann, und zeigt zahlreiche Formulierungsbeispiele. Und das alles ganz locker, motivierend und topaktuell, ohne langweilige Standardfloskeln und ohne unnötige Panikmache.

Autorin

Sabine Hertwig ist Kommunikationstrainerin und leitet das Berliner Büro [beruf + konzept]. Das Team besteht aus Geisteswissenschaftlern, Psychologen, Betriebswirten sowie Pädagogen und verfügt über langjährige Erfahrung in den Bereichen Bewerbungstraining, Berufsberatung und -training.

Von Sabine Hertwig außerdem bei Mosaik bei Goldmann:

Der Testtrainer (16323)
Bewerbungstipps aus der Chefetage (16337
Die erfolgreiche Bewerbungsmappe (16336)
Aktive Jobsuche (16519)
Die besten Tipps für den Bewerbungsbrief (16518)

Sabine Hertwig

Die besten Tipps für den Lebenslauf

Unter Mitarbeit von Anna Stretz

Mosaik
bei GOLDMANN

Die Ratschläge in diesem Buch sind von der Autorin und dem Verlag sorgfältig erwogen und geprüft, dennoch kann eine Garantie nicht übernommen werden. Eine Haftung der Autorin bzw. des Verlags und seiner Beauftragten für Personen-, Sach- und Vermögensschäden ist ausgeschlossen.

In Zusammenarbeit mit der Zeitschrift »Brigitte YOUNG MISS«, Hamburg

Umwelthinweis:
Alle bedruckten Materialien dieses Taschenbuches sind chlorfrei und umweltschonend.

Originalausgabe Mai 2003

Umschlaggestaltung: Design Team München
Umschlagfoto: Young Miss/Sonja Tobias
Illustrationen: Sybille Hein
Redaktion: Sylvia Winnewisser
Satz: Uhl + Massopust, Aalen
Druck: GGP Media, Pößneck
Verlagsnummer: 16539
Kö · Herstellung: Max Widmaier
Printed in Germany
ISBN 3-442-16539-3
www.goldmann-verlag.de

1 3 5 7 9 10 8 6 4 2

Inhalt

Selbsterkenntnis

... zur Besserung?

Na, so weit wollen wir ja noch gar nicht gehen. Aber du wirst nicht bestreiten, dass am Anfang jeder Werbekampagne das Produkt steht. Und der Blick auf dieses Produkt. Und deswegen gilt: Selbsterkenntnis ist der erste Schritt zur Selbstvermarktung, das ist Werbung in eigener Sache.

ist der erste Schritt

Zum Lauf des Lebens

Nicht jeder hat die nötige physische und psychische Konstitution, um das mit dem Lebenslauf so wörtlich zu nehmen, wie Franka Potente als rennende Lola.

Deshalb werden wir im Folgenden von den Tipps zur Muskellockerung und von der Ernährungsberatung für Marathonläufer und Asketen absehen und uns darauf einigen, dass unter einem Lebenslauf eine mehr oder weniger interessante Ansammlung variierender Tintenstrahlspuren zu verstehen ist, dazu bestimmt, ein möglichst genaues Bild einer Person und ihres Werdegangs zu zeichnen.

Zu finden sind solche Schriftstücke meist auf den Schreibtischen und unter den Aktendeckeln einstellungswilliger Personalchefs, die auf der Suche nach dem Traumbewerber/der Traumbewerberin für ihr Büro/ihr Unternehmen sind.

Dabei hält sich bei vielen potenziellen TraumbewerberInnen noch immer hartnäckig die Auffassung, der Lebenslauf sei nichts weiter als langweilige Datenerfassung und -aufzählung. Doch ein Lebenslauf ist keineswegs langweiliges, immer gleiches Einerlei, ein Lebenslauf erschöpft sich nicht in Zahlen und offiziellen Daten. Vielmehr zeichnet sich hinter den wenigen Seiten, die ein Lebenslauf gewöhnlich umfasst, das Bild eines Menschen, einer Persönlichkeit, DEIN Bild als Bewerberin für einen möglichen Traumjob ab. Dein Lebenslauf, das bist du.

Und er ist das wichtigste Kriterium für Personalchefs für die Beurteilung ihrer Bewerber.

Zugegeben, berauschend sind die Gestaltungs- und Präsentationsmöglichkeiten dabei nicht. Und einen Literaturwettbewerb kannst du mit den immer wiederkehrenden Formulierungen: »Besuch des…« »Seminar/Praktikum/Ausbildung bei/an/in…« auch nicht gewinnen. Aber darum geht es dir ja auch nicht. Was du willst, ist ein Job oder Ausbildungsplatz, und auf dem Weg dorthin möchtest du erst einmal Interesse an deiner Person wecken, willst herausstechen aus der

Masse deiner Mitbewerber, willst überzeugen und in die nächste Runde des Auswahlverfahrens rutschen.
Also, lass deine Kreativität spielen, such dir Schlupflöcher, durch die du in die Datenerfassung eine persönliche Note und ein bisschen ICH hineinfließen lassen kannst. Du wirst staunen, wie viel mehr sich darüber sagen lässt, wie dein Leben so läuft und gelaufen ist, als gut, schlecht oder so lala. Selbst in einem öden, Daten zählenden, tabellarischen Lebenslauf.

TIPP | FÜR EILIGE

Ab hier geht es erst einmal um ein bisschen Seelsorge und Orientierung für Unentschlossene. – Sollte für dich also bereits unumstößlich feststehen, wo du dich bewerben willst und was deine besonderen Qualifikationen sind, dann blättere weiter zu Kapitel 3. Ab dort findest du das blanke Handwerkszeug und detaillierte Anwendungsregeln.

Der Blick in den Spiegel

Zugegeben, der erste morgendliche Blick in den Spiegel ist nicht immer nur die reinste Freude. Da starrt es morgenmuffelig aus unausgeschlafenen Augen zurück und manchmal müssen erst die Töpfchen und Tiegelchen gezückt und Schwamm und Kamm bemüht werden, damit wir uns fit fühlen für den Tag.
Nun mögen wir unsere kleinen und größeren Macken und unsere verknautschte 7-Uhr-Backe so weit ja eigentlich ganz gerne. Aber dem Rest der Welt, dem zeigen wir dann doch lieber die strahlend schöne, frisch verputzte Fassade. Hinter der fühlen wir uns sicherer, unangreifbarer und gewappnet für den gesellschaftlichen Auftritt und die Konkurrenz auf der Showbühne des Lebens.
Was? Wir kommen vom Thema ab? Keineswegs! Wir versuchen lediglich, dich halbwegs schonend auf den unvermeidlichen ersten

Schritt zum perfekten (oder sagen wir bestmöglichen) Lebenslauf vorzubereiten: den schonungslosen Blick in den Spiegel.
Also, noch einmal zurück zu deiner Morgenmuffel-Visage. Schau genau hin, schau dir die ersten Fältchen in den Augenwinkeln, die Kerbe zwischen den Brauen, das Grübchen auf der Backe und den Pickel an der Nase an. Lern sie kennen – und am besten gleich lieben. Und dann überlege dir genau, was davon dem Rest der Welt gegönnt werden kann und was unter einem bisschen Puder und Creme dein süßes Geheimnis bleiben soll. Aber sei ehrlich. Ein Caesarenriecher wird auch mit Theaterschminke kein Cleopatranäschen werden, und den Strichlippen glaubt selbst beim knalligsten Lippenstift keiner den sinnlichen Schmollmund. Klar – du kannst hier und da ein bisschen übertünchen, aber vertrauen musst du letzten Endes auf das, was da ist.
Tja, und so, wie ein Make-up nur überzeugen kann, wenn es genau auf die Kurven, Kanten, Farben und Formen deines Gesichts abgestimmt ist, so kann ein Lebenslauf nur interessieren, wenn man weiß, wo man Glanzlichter setzt, Konturen vertuscht, Vorzüge herausstreicht. Doch arbeiten kannst du auch hier nur mit dem, was tatsächlich in deinem bisherigen Lebensweg steckt. Und deshalb gilt: schonungslos hinsehen.

In diesem Sinne: die Selbsterkenntnis

Die Kernfragen der Standortbestimmung

- Wo stehst du?
- Wohin willst du?
- Was hast du zu bieten?

Wo stehst du?

Wissen wollen wir jetzt von dir, wer du eigentlich bist. Wo liegen deine Schwächen, wo deine Stärken, was für eine Persönlichkeit bist du?
Na?.... Wir hören .... hören immer noch .... warten ....
Ja, es ist tatsächlich nicht einfach, eine Antwort auf diese Frage zu finden.
Aber wofür hast du uns? Also, schön der Reihe nach:

Schritt 1: Drei Adjektive
Zuerst bist du selbst dran: Findest du spontan drei Adjektive, die du mit dir selbst in Verbindung bringst, die zu dir passen, die wesentliche Charakterzüge treffend beschreiben?

1. ...
2. ...
3. ...

So, und jetzt die anderen. Freunde, Familie, Bekannte – sie alle kannst du fragen, welcher Begriff ihnen zu dir, deinem Wesen, deinem Aussehen, deinem Charakter... einfällt. Das muss nicht unbedingt ein Adjektiv sein, das kann ein Name, eine Sachbezeichnung, ein Verb oder ein Fantasiebegriff sein. Hauptsache, du sammelst erst mal fleißig.

Schritt 2: Dein Image-Buch

Zeitgleich darfst du dich an Schritt Nummer zwei der Selbsterkenntnis wagen, ein Teil, der vielleicht etwas mehr Zeit in Anspruch nimmt. Es soll um das Sammeln von Informationen gehen, Infos über dich selbst und dein Leben. Dazu sollst du keineswegs Behörden und Geheimdienstakten bemühen; es reicht schon aus, dich und deinen Alltag ein bisschen genauer und sorgfältiger zu begleiten und zu beobachten, als du das bisher getan hast. Zück den Lieblingsstift, hol das Laptop oder das Diktiergerät hervor und eröffne feierlich deine persönliche Image-Datei. Notiere in den folgenden Tagen und Wochen sorgfältig, was dir im Kopf herumgeht, mit welchen Sorgen du dich herumschlägst, was du tust, was dir Spaß macht, mit welchen Menschen du Kontakt hast und was du von diesen Menschen hältst. Achte bei deinen Aufzeichnungen besonders auf Schwierigkeiten, unangenehme Situationen oder Streitereien. Schreib auch scheinbar unwichtige Gedanken oder Tätigkeiten auf, und versuche, auch Stimmungen und Launen zu benennen. Interessant ist es, die nächtlichen Träume am nächsten Morgen auf Papier festzuhalten, bevor sie wieder verschwinden und vergessen werden. Wenn du eine solche Liste eine Zeit lang konsequent führst, wird dir ein späterer Blick ins schlaue Büchlein Antworten auf folgende Fragen geben:

- Was beschäftigt mich zur Zeit tatsächlich, vielleicht auch unbewusst?
- Welche Dinge und Menschen faszinieren mich? Warum?
- Welche Mechanismen bestimmen mein Verhalten, vor allem im Umgang mit anderen Menschen?
- Wie wirkt mein Alltag nach außen? Chaotisch? Zielgerichtet? ...
- usw. ...

Schritt 3: Die Plus-Minus-Liste
Im dritten Schritt der Selbsterkenntnis sollst du nun mit Hilfe deiner Stoffsammlungen aus den ersten beiden Schritten eine Plus-Minus-Liste anfertigen: Hier sollen auf der einen Seite alle deine Talente und Vorzüge, auf der anderen alle Schattenseiten, Schwächen und Loser-Qualitäten stehen. Dabei gibt es nur eine einzige Regel: Ehrlichkeit.
Ob du das Ergebnis dieser ersten Inventur von Freunden überprüfen lassen willst oder nicht, liegt dann ganz bei dir. Fest steht aber auch hier: ein Fremdbild hilft.

Pluspunkte +	**Minuspunkte –**
Ich gehe gerne auf andere Menschen zu und komme leicht ins Gespräch. Ich kann gut zuhören. Ich mag Kinder. Ich arbeite gerne kreativ, male, bastle, singe, spiele Gitarre. Ich bin gerne draußen und körperlich aktiv. Ich finde in Diskussionen Kompromisse zwischen verschiedenen Parteien. Ich gehe eigentlich meistens davon aus, dass schon klappen wird, was ich mir vorgenommen habe. Meinen Spitznamen habe ich weg, weil ich gerne lache.	Ich werde leicht nervös und reagiere in stressigen Situationen gereizt und hektisch. Ordnung ist nicht gerade meine Stärke. Ich kann mich schlecht lange konzentrieren. Ich gebe zu leicht nach. Ich spreche oft nicht aus, was ich wirklich denke. Ich bin leicht beleidigt und fühle mich persönlich angegriffen. Wenn etwas nicht so läuft, wie ich es mir vorgestellt habe, hängt mir das tagelang nach. Ich kann andere nicht oder nur ganz schlecht kritisieren, selbst wenn es nur um sachlich-fachliche Dinge geht.

So, damit hat der Blick in den Spiegel schon ganz neue Konturen angenommen. Bisher hast du allerdings noch universell einsetzbar geblickt. Das heißt, du hast dein Spiegelbild unter die Lupe genommen, ohne dir zu überlegen, auf welches gesellschaftliche Ereignis es denn nun abgestimmt sein soll. Je nachdem, ob du dich aber mit der Freundin in die Disko stürzen willst, ob der 70. Geburtstag der Großmama ansteht oder ob ein Vorstellungsgespräch wartet, wirst du Kleidung, Make-up und Frisur unterschiedlich wählen.
Und für einen gut gestylten Lebenslauf gilt Ähnliches. Um also den richtigen Blick für Bewerbungszwecke, für die gefragten Vorzüge und kleinen Schönheitsfehler der Arbeitssuche zu entwickeln, hier eine kleine Liste von Anhaltspunkten, die in deiner Aufzählung nicht fehlen sollten.
Folgende Fragen sollten sich mittels deiner +/-Liste problemlos beantworten lassen:

Blickpunkt Charakter

- Siehst du dich selbst eher als Optimist/in oder als Pessimist/in?
- Bist du gut belastbar oder gerätst du leicht in hektischen Stress?
- Bist du eher eine Teamarbeiterin oder eher Einzelgängerin?
- Bist du in Konversationen eher Rednerin oder eher Zuhörerin?
- Lautet deine Devise im Zweifelsfall eher Nachgeben oder mit dem Kopf durch die Wand rennen?
- Würdest du dir Organisationstalent bescheinigen?
- Siehst du dich als gute Besetzung für Führungspositionen?

Auch folgende Gegensatz-Paare zu Grundhaltungen und Tendenzen von Menschen können dir vielleicht ein paar Anhaltspunkte für die Frage bieten, was du über dich selbst überhaupt zu sagen haben könntest.

- **Lebensstil:**

Ordnest du die Eindrücke aus deiner Umwelt gerne in ein Wertesystem ein? Strukturierst du deine Gedanken, Eindrücke und Vorhaben? Legst du häufig Checklisten an, führst einen genauen Terminkalender und legst viel Wert auf Ordentlichkeit und Über-

sichtlichkeit? Dann gehörst du eher zu den **URTEILENDEN** Menschen.
Zum **OFFENEN** Typus dagegen würde man dich rechnen, wenn für dich Arbeit hauptsächlich Spiel bedeutet, wenn du deiner Umwelt vor allem neugierig gegenüberstehst und nichts mehr hasst, als dich festlegen zu lassen. Außerdem zählt für dich dann der Prozess immer mehr als das Ergebnis.

▶ Entscheidung:

Hier lautet die Kernfrage: Kopf oder Bauch, wer ist stärker? Wenn du in Entscheidungsfragen immer sorgfältig Pro und Contra abwägst, strategisch und sachlich vorgehst und vor allem an die Konsequenzen denkst, dann bist du der **ANALYTISCHE** Kopfmensch.
Sind deine Entscheidungen jedoch spontane Ideen aus dem Bauch heraus und du ein typischer Überzeugungstäter, dann tastest du dich **FÜHLEND** durch die Entscheidungswelt.

▶ Wahrnehmung

Wo erkennst du dich wieder? Legst du Wert auf Einzelheiten, arbeitest praktisch, systematisch und verlässt dich auf Fakten? Fühlst du dich in bekannten Strukturen wohler als auf unbekanntem Terrain? Dann erfährst du deine Umwelt vor allem **SINNLICH**, d.h. über deine fünf Sinne.

INTUITIV bewegst du dich dagegen durchs Leben, wenn dir komplexe Zusammenhänge und das große Ganze wichtiger sind als Details, wenn du die Abwechslung liebst und überall Chancen und Möglichkeiten siehst.

▶ Energie:

Woher kommt sie, deine Energie? Brauchst du die Reize aus der Umwelt, um auf Ideen zu kommen, liebst du den Kontakt zu anderen Menschen und handelst oft spontan? Dann gehörst du zum Typus der **EXTROVERTIERTEN** Personen.

Wenn du deine Energiereserven jedoch eher aus dir selbst schöpfst, viel Ruhe brauchst und deiner Umwelt eher zurückhaltend gegenüberstehst, dann wärst du auf der Typenskala wohl im Bereich **INTROVERTIERT** zu finden.

So viel also zur ersten Frage der Standortbestimmung, der Frage: Wo stehst du? Kommen wir zum Nächsten, was dich eigentlich brennend interessieren sollte, dem Thema Zielort: Wohin willst du?

Wohin willst du?

Bevor du dich nämlich auf der Suche nach Stellenangeboten ungehemmt durch den Arbeitsmarkt wühlst, solltest du eine erste Ahnung entwickeln, wie du dir dein künftiges Arbeitsumfeld vorstellst.

Auch wenn durch deine Interessen und Talente, vielleicht auch schon durch eine Ausbildung, eine ungefähre Richtung vorgegeben ist, bleibt doch in dem gesteckten Rahmen noch immer eine immense Bandbreite an Möglichkeiten, was Größe, Art, Standort,

Unternehmenspolitik, Klima und Ruf deines zukünftigen Arbeitgebers angeht.
Gedanken zu folgenden Fragen könnten da weiterhelfen:

- Welches Betriebsklima, welchen Umgangston zwischen den Mitarbeitern wünschst du dir?
- Möchtest du lieber im Team oder alleine für dich arbeiten? (Hast du z. B. in der Schule gerne an Gruppenprojekten mitgearbeitet, Aktionstage mitgestaltet, etc...?)
- Wie wichtig ist dir Eigenverantwortung? (Entscheidest du normalerweise allein für dich oder fragst du meistens erst um Rat?)
- Suchst du Weiterbildungsmöglichkeiten im Unternehmen? (Willst du so schnell wie möglich eine klare Position und raus sein aus dem Schülerleben oder machen dir Lernen und Weiterlernen Spaß?)
- Legst du viel Wert auf Zukunftssicherung und Stabilität? (Wie viel Unterstützung bekommst du von zu Hause? Welche Rolle spielen für dich vielleicht später einmal Familie und Kinder?)
- Wie viel Geld willst du verdienen? (Lebst du gerne ein bisschen luxuriös?)
- Wie wichtig sind dir Karriere und Aufstiegschancen? (Welchen Stellenwert hat der Beruf überhaupt für dich? Soll er die Hauptsache im Leben werden oder nur da sein, um andere Lebensbereiche – Familie, Freizeit – zu stützen und zu finanzieren?)
- In welcher Stadt, welchem Umkreis, welchem Land willst du arbeiten? (Kannst du dir vorstellen, weit weg von zu Hause zu leben? Wie wichtig ist dir der tägliche Kontakt mit Familie und Freunden? Hast du schon mal ausprobiert, wie es dir für längere Zeit in einer anderen Stadt/einem anderen Land geht?)
- Wie und wo willst du arbeiten:
  im Büro
  im Freien
  in Werkstätten
  geistig
  körperlich
- Wie wichtig sind für dich Kreativität und die Möglichkeit, eigene Ideen mit einzubringen? (Bist du zufrieden, wenn du Aufträge ausführen

kannst, oder kribbeln dir die Finger, und du denkst dir ständig: Aber so und so könnte man das doch viel besser machen ...?)

Noch ein guter Weg, Vorstellungen vom möglichen Arbeitsalltag zu sammeln ist das Interview mit »alten Hasen«.
Frag Menschen in deiner Umgebung – Familie, Freunde, Bekannte – wie sie ihren Alltag erleben, wie sie sich an ihrem Arbeitsplatz fühlen, und welche Erfahrungen sie im Laufe ihres Arbeitslebens gesammelt haben. Worauf kommt es an? Sind es die netten Kollegen, das frisch renovierte Interieur, der Kontakt zu Kunden oder die Herausforderung, ständig neue Probleme lösen zu müssen: Was macht ihn aus, den Spaß an der Arbeit?
Und was könnte ihn für dich ausmachen?
Und falls du dir auch bei der ungefähren Richtung noch immer ganz und gar unsicher bist, aber auch falls du gerne eine weitere Bestätigung für das Berufsfeld deiner Wahl hättest, hier noch ein kleiner Test zum Thema »Welcher Beruf passt zu dir«:

Der Berufsfindungstest

Der Sprung von der Schule in die Arbeitswelt rückt mit jedem Schuljahr unaufhaltsam näher. Viele Schülerinnen und Schüler haben bereits frühzeitig eine Vorstellung von ihrem zukünftigen Beruf. Oftmals jedoch gehen diese Vorstellungen stark an der Wirklichkeit vorbei. So könnte beispielsweise niemand Pilot werden, der unter Höhenangst leidet.
Der folgende Test soll hierbei eine kleine Orientierungshilfe sein, er kann jedoch keinesfalls die eigentliche Berufswahl ersetzen.
Es sind hier zehn Berufsfelder vorgegeben, die sich inhaltlich auch überschneiden können (Architekt ist sowohl ein technischer als auch ein gestalterischer Beruf). Diesen Berufsfeldern sind jeweils fünf Aussagen zugeordnet, die bewertet werden sollen.
Dabei gilt:
a = richtig   b = stimmt in etwa   c = stimmt weniger   d = falsch
Schreibe den entsprechenden Buchstaben hinter jede Aussage!

Handwerk, Bau, Landwirtschaft

1) Im Umgang mit Werkzeugen bin ich recht geschickt.
2) Ich bin eher eine Macherin als eine Grüblerin.
3) Ich glaube oft, dass ich zwei linke Hände habe.
4) Es macht mir nicht viel aus, wenn ich bei der Arbeit mal schmutzig werde.
5) Ich arbeite nicht gern im Freien.

Kultur, Geisteswissenschaften

1) Im Schreiben von Aufsätzen bin ich ziemlich gut.
2) Ich kann präzise beschreiben, weshalb mir ein Bild oder ein Musikstück gefällt.
3) Politik und Geschichte interessieren mich überhaupt nicht.
4) Das Erlernen von Sprachen fällt mir recht leicht.
5) Das Feuilleton in Zeitungen lese ich so gut wie nie.

Service, Beratung, Verkauf

1) Die Vorstellung, dass Leute mit Anfragen ausgerechnet zu mir kommen, behagt mir nicht.
2) Ich verstehe schnell, was für Vorstellungen die Menschen haben.
3) Die Planung meines Urlaubs überlasse ich lieber anderen.
4) Es macht mir Spaß, das passende Geschenk für eine Gelegenheit zu finden.
5) Es fällt mir leicht, die Vorzüge einer Idee oder eines Produkts hervorzuheben.

Gesundheit, Medizin

1) Ich kann kein Blut sehen.
2) Ich finde die Atmosphäre in Krankenhäusern grundsätzlich unangenehm.
3) Ich kann mir gut vorstellen, einem Arzt zu assistieren.
4) Bei Arztserien interessiert mich in erster Linie der Arbeitsablauf und weniger die Rahmenhandlung.
5) Schwer kranken Menschen oder Unfallopfern zu begegnen würde mich stark belasten.

Ordnung, Verkehr

1) Ich denke, dass mir auch der Beruf einer Polizistin Spaß machen könnte.
2) Sauberkeit und Ordnung sind für mich nicht so wichtig.

3) Der Verantwortung, einen voll besetzten Bus zu steuern, wäre ich sicher gewachsen.
4) Ich bin ein eher ängstlicher Mensch.
5) Auf mich kann man sich unbedingt verlassen, auch wenn ich zu ungünstigen Zeiten am Arbeitsplatz sein müsste.

Soziales, Pädagogik

1) Ich finde es wichtig, dass hilfsbedürftige Menschen so gut wie möglich unterstützt werden.
2) Ich glaube, einen guten Draht zu Kindern oder alten Menschen zu haben.
3) Es fällt mir im Allgemeinen schwer, einen Sachverhalt gut verständlich zu vermitteln.
4) Es berührt mich sehr, wenn sich Mitmenschen in einer schwierigen Lage befinden.
5) Es wäre mir unangenehm, öffentlich mit Leuten aufzutreten, die belächelt oder gar verspottet werden.

Rechtswesen

1) Ich kann andere Menschen gut mit Argumenten überzeugen.
2) Gerichtsfilme langweilen mich fast immer.
3) Wenn anderen Unrecht geschieht, lässt mich das weitgehend kalt.
4) Es fällt mir relativ leicht, Streit zu schlichten.
5) Man kann mich nicht so leicht hinters Licht führen.

Technische und Ingenieur-Berufe

1) Ich bin eine ausgesprochene Tüftlerin.
2) Bei komplizierteren Gebrauchsanleitungen blicke ich meist nicht durch.

3) Wenn ich ein Problem mit meinem Computer habe, kann ich es meist selbst beheben.
4) Hin und wieder mache ich mir Gedanken, wie man ein Gerät verbessern könnte.
5) Fernsehbeiträge über wissenschaftliche Themen interessieren mich nicht.

Kreativberufe, Entwerfen und Kunst

1) Bei langweiligen Werbespots fallen mir oft bessere Ideen ein.
2) Ich weiß nicht nur genau, wie mein Traumhaus aussehen müsste, ich kann es auch skizzieren.
3) Bei meinem Musikgeschmack orientiere ich mich hauptsächlich an der Rangliste der aktuellen Charts.
4) Ich habe auch schon mal Kleidungsstücke selbst entworfen.
5) Kunst und Musik gehören nicht gerade zu meinen Lieblingsfächern.

Verwaltung, Kalkulation

1) Das Improvisieren gehört nicht zu meinen Stärken.
2) Ich kann ganz gut mit Zahlen und Geld umgehen.
3) Vorgaben korrekt in die Tat umzusetzen fällt mir recht leicht.
4) Eine Feier perfekt vorzubereiten liegt mir weniger.
5) Ich mache mir öfter Gedanken über die Verbesserung von Arbeitsabläufen.

Testauflösung

Den zugeordneten Buchstaben entsprechen folgende Punkte:
Handwerk, Bau, Landwirtschaft:
1) a=4, b=2, c=1, d=0; 2) a=4, b=2, c=1, d=0; 3) a=0, b=1, c=2, d=4; 4) a=4, b=2, c=1, d=0; 5) a=0, b=1, c=2, d=4

Kultur, Geisteswissenschaften:
1) a=4, b=2, c=1, d=0; 2) a=4, b=2, c=1, d=0; 3) a=0, b=1, c=2, d=4; 4) a=4, b=2, c=1, d=0; 5) a=0, b=1, c=2, d=4
Service, Beratung, Verkauf:
1) a=0, b=1, c=2, d=4; 2) a=4, b=2, c=1, d=0; 3) a=0, b=1, c=2, d=4; 4) a=4, b=2, c=1, d=0; 5) a=4, b=2, c=1, d=0
Gesundheit, Medizin:
1) a=0, b=1, c=2, d=4; 2) a=0, b=1, c=2, d=4; 3) a=4, b=2, c=1, d=0; 4) a=4, b=2, c=1, d=0; 5) a=0, b=1, c=2, d=4
Ordnung, Verkehr:
1) a=4, b=2, c=1, d=0; 2) a=0, b=1, c=2, d=4; 3) a=4, b=2, c=1, d=0; 4) a=0, b=1, c=2, d=4; 5) a=4, b=2, c=1, d=0
Soziales, Pädagogik:
1) a=4, b=2, c=1, d=0; 2) a=4, b=2, c=1, d=0; 3) a=0, b=1, c=2, d=4; 4) a=4, b=2, c=1, d=0; 5) a=0, b=1, c=2, d=4
Rechtswesen:
1) a=4, b=2, c=1, d=0; 2) a=0, b=1, c=2, d=4; 3) a=0, b=1, c=2, d=4; 4) a=4, b=2, c=1, d=0; 5) a=4, b=2, c=1, d=0
Technische und Ingenieur-Berufe:
1) a=4, b=2, c=1, d=0; 2) a=0, b=1, c=2, d=4; 3) a=4, b=2, c=1, d=0; 4) a=4, b=2, c=1, d=0; 5) a=0, b=1, c=2, d=4
Kreativberufe, Entwerfen und Kunst:
1) a=4, b=2, c=1, d=0; 2) a=4, b=2, c=1, d=0; 3) a=0, b=1, c=2, d=4; 4) a=4, b=2, c=1, d=0; 5) a=0, b=1, c=2, d=4
Verwaltung, Kalkulation:
1) a=0, b=1, c=2, d=4; 2) a=4, b=2, c=1, d=0; 3) a=4, b=2, c=1, d=0; 4) a=0, b=1, c=2, d=4; 5) a=4, b=2, c=1, d=0

Addiere die Punkte in den einzelnen Berufsfeldern separat. Das Berufsfeld mit der höchsten Punktzahl entspricht am ehesten der persönlichen Berufsneigung, das mit den geringsten Punkten am wenigsten. Natürlich ist dies nur eine grobe Richtungsvorgabe, in der viele Faktoren unberücksichtigt bleiben. Wenn z. B. das Gesundheitswesen favorisiert wird, könnte sowohl der Arztberuf als auch der der Krankenschwester gewählt werden. Das ist letztlich davon abhängig, ob man eher zum Studium oder zu einem Lehrberuf neigt.

Was hast du zu bieten?

Da du nun weißt, wo du stehst und wo du hin willst, solltest du langsam auch einen Blick auf die Mittel werfen, die dir zur Verfügung stehen, um von A nach B zu kommen.
Also ehrliche Antworten bitte:

Blickpunkt Fach

- Welche Fächer haben dir in der Schule Spaß gemacht?
- Wo warst du besonders gut bzw. schlecht?
- Welche Ausbildung hast du bzw. was hast du studiert?
- Wo hast du in Schule, Ausbildung oder Studium Schwerpunkte gesetzt?
- Wie steht es um deine Sprach- und Computerkenntnisse?
- Worin siehst du dich als Expertin?
- Hast du Projekterfahrungen? Wenn ja, welche?
- Was sind deine Hobbys und Privatinteressen?
- In welchen Bereichen bildest du dich privat fort oder würdest gerne dazulernen?
- Was können andere von dir lernen?

Blickpunkt Berufspraxis

- Hast du schon praktische Berufserfahrung? (Nebenjobs, Praktika, Aushilfe im Betrieb der Eltern, Ferienjobs ....)
- Welche Tätigkeiten hast du ausgeführt?
- Was hat dir Spaß gemacht, was weniger und was gar nicht? (Was hast du gerne gemacht, mit wem dich gut unterhalten, welche Situationen und Erfahrungen waren spannend? Was dagegen war unangenehm, peinlich oder wer unsympathisch und warum?)
- Hast du ein klares berufliches Ziel vor Augen?
- Möchtest du gern Karriere machen?
- Welchen Stellenwert haben Privatleben und Freizeit neben der Arbeit?

So, damit wird es Zeit für eine kleine Zwischenbilanz: Du hast dich also selbst auf Herz und Nieren, Kompetenz und Charakter geprüft,

hast dir Gedanken gemacht, was du von einem zukünftigen Arbeitgeber und -umfeld erwartest, hast in deiner Vergangenheit nach verwertbaren Erfahrungen und Kompetenzen gesucht und bist zu guter Letzt nochmal auf Nummer Sicher gegangen, dass du mit deiner Entscheidung für ein bestimmtes Berufsfeld auch wirklich auf dem richtigen Weg bist. Na gut – dann nichts wie hinein in die Stellensuche ...

Gut informiert

Wir kennen die Sonderangebote vom
Chinesen um die Ecke,
die neuesten Schnäppchen von H&M,
die aktuellen Skandale in der Politik
und die laufenden Affären in der Welt
der Stars und Königshäuser.
Aber wo um alles in der Welt steht,
woher der Traumjob kommt?

fällt alles leichter

Und los geht die Recherche

Nach den eingehenden Vorüberlegungen solltest du nun ein genaueres Bild deiner Traumstelle im Kopf haben. Nur – wo es diese Traumstelle geben soll, das hat dir bisher noch niemand verraten, und deshalb wollen wir uns gemeinsam auf die Suche danach begeben.

Auf den nächsten Seiten findest du ausführliche Tipps und Tricks zur Recherche am Arbeitsmarkt und später dann im ausgewählten Unternehmen. Wir sagen dir auch, weshalb vor allem Letzteres so wichtig ist und bieten dir eine Auswahl konkreter Internetseiten und Adressen.

Und damit du langsam warm laufen kannst, haben wir unseren Recherche-Reiseführer für Couchpotatoes so aufgebaut, dass du es am Anfang noch ziemlich gemütlich hast; mit zunehmender Recherche-Routine wird's dann ein wenig anstrengender:

Der Nullpunkt – die heimatliche Couch

Wie versprochen starten wir harmlos: Zunächst einmal dient deine Wohnung lediglich als ein Fänger für Vitamin B.

Also: Rück die Kissen zurecht, stell Cola und Chips bereit und – lade ein.

Du solltest deinen gesamten Bekannten- wie auch Verwandten- und Freundeskreis nach Menschen durchforsten, die dir brauchbare Informationen, Kontakte, Hilfestellungen oder Erfahrungsberichte für deine Jobrecherchen liefern können. Wieso sollte nicht ein Freund deines Onkels ganz dringend nach einer Mitarbeiterin in seiner Marketingabteilung suchen? Hattest du vergessen, dass deine Großkusine beim Süddeutschen Rundfunk arbeitet, der Arbeitsstätte deiner Träume? Oder wer sagt dir, dass Großvaters Geschichten von seiner Geschäftsgründung damals vor so vielen Jahren nicht noch immer brandaktuelle Tipps bieten? Du wirst merken: Je häufiger man sich mit anderen über ein bestimmtes Thema (in diesem Zusammenhang deine Berufswahl) unterhält, umso mehr Informationen bekommt man und umso genauer merkt man, was man selber überhaupt denkt, will und plant. Darüber hinaus ist diese Form der Recherche vielleicht sogar die netteste: Du kannst Menschen treffen, plaudern und bei der Gelegenheit hoffentlich gleich noch tolle Tipps an Land ziehen. Am besten, du legst dir einen Ordner oder ein Karteikästchen an und notierst dir nach jedem Treffen oder Telefonat, was du in Erfahrung gebracht hast: Ideen, Namen von potenziellen Ansprechpartnern, Telefonnummern, E-mail- und web-Adressen usw. Vielleicht weißt du am Anfang noch gar nicht, wofür du die Notizen gebrauchen wirst. Dennoch: Halte zunächst einmal alles fest, was im Zusammenhang mit einem (neuen) Job stehen könnte. Spätestens wenn du deine Bewerbungsunterlagen zusammenstellen möchtest, werden dir diese Gedankenstützen weiterhelfen.

Punkt I – Schreibtisch und Internet

Für die nächste Übung musst du dich wohl oder übel drei, vier Meter durch den Raum bewegen und darfst dich auf dem Schreibtischstuhl wieder niederlassen. Denn nun geht's zum Surfen ins Internet. Und damit du nicht gleich auf den ersten Metern kenterst, haben wir dir eine kleine Wellenprognose und Windanalyse erstellt.

Also, auf ins Vergnügen:

Um überhaupt erst einmal einen Einstieg ins gewünschte Thema zu finden, solltest du eine der vielen Suchmaschinen ansteuern, die dem Internet-User ihre Dienste anbieten. Gib einen Suchbegriff ein, der zu deinem Themengebiet (in diesem Fall deiner Jobwahl/Branche/Ausbildung/Firma) passt, und du wirst binnen Sekunden an eine Unzahl von Websites verwiesen werden. Durch die muss man sich dann allerdings erst einmal durchkämpfen, also überleg dir Suchbegriffe, die so konkret wie möglich und so umfassend wie nötig sind.
Gibst du zum Beispiel in der Suchmaschine www.google.de den Be-

griff *Hotelfachschule* ein, so erhältst du fast 4.800 Einträge – unmöglich, eine solche Fülle zu bearbeiten –, *Hotelfachschule Deutschland* ergibt 900 Treffer, Hotelfachschule München nur noch 500.

Hier eine Übersicht der gängigen Suchmaschinen:

- Google
- Altavista
- Yahoo
- Infoseek
- Metacrawl
- Fireball
- Lycos
- MetaGer (durchforstet eine Auswahl anderer Suchmaschinen und leitet sie an entsprechende Websites weiter) ebenso: Metaspinner

Es gibt sogar Suchmaschinen, die sich auf die Jobsuche spezialisiert haben: so genannte Robots, die die Websites anderer Stellenmarkt–Anbieter auf bestimmte Begriffe hin durchsuchen (z.B. Wirtschaftsingenieurwesen) und dir eine Auswahl an Treffern bieten. Dazu zählen beispielsweise:

- http://www.wwj.de
- http://www.jobrobot.de
- http://www.jobworld.de
- http://www.cesar.de
- http://www.jobs.zeit.de

Jobbörsen, auf die unsere Robots bei ihrer Recherche zurückgreifen, gibt es natürlich wie Sand am Meer. Weil wir beim Surfen aber erst einmal an der Oberfläche bleiben, hier nur einige der bekanntesten.

- http://www.jobpilot.de (eine der größten Jobbörsen und Extra-Praktikumsbörse)
- http://www.arbeitsamt.de (das Arbeitsamt in Online-Version)

- http://www.careernet.de (Job-Agent sucht die passenden Angebote aus und schickt sie automatisch zu)
- www.jobware.de (Stellenmarkt und Tipps rund ums Thema Bewerbung)
- http://www.jobticket.de
- http://www.stellen-online.de
- http://www.stepstone.de (europaweite Angebote und spezielle Trainee-Stellen)
- http://www.stellenanzeigen.de
- http://www.jobline.de
- http://karrieredirekt.de

Solltest du gerade frisch von der Uni, FH oder einer sonstigen deutschen Hochschuleinrichtung kommen, könnten auch folgende Adressen für dich interessant sein:

- http://www.berufsstart.de/da/auswahl.htm
- http://www.wirtschaftswoche.de
- http://www.absolvent.de
- http://www.jungekarriere.com

Außerdem gibt es für fast jede Branche auch noch eigene Jobbörsen, in denen sich dann nur Anbieter, Suchende und Interessierte einer speziellen Branche tummeln. Solche Stellenmärkte lassen sich in den Online-Versionen der Fachzeitschriften der jeweiligen Branche finden.
(Eine Auswahl von Fachzeitschriften zu den verschiedensten Branchen gibt es unter: www.bellnet.de/suchen/medien/zeitschriften/branchen.html)

Darüber hinaus gibt's Tipps zu Berufsstart oder Trainee-Plätzen unter:
http://www.berufswahl.de und http://www.bildungsserver.de und natürlich unter:
http://www.youngmiss.de.

Punkt K – der Kiosk an der Ecke

So Leid es uns tut, diesmal wirst du um einen kleinen Spaziergang nicht herumkommen. Aber falls es dich beruhigt: Es ist ein lohnendes Ziel. Also, auf zum Zeitungskiosk an der Ecke. Dort solltest du dich mit der Samstagsausgabe der überregionalen Zeitungen wie *Süddeutsche Zeitung, Frankfurter Allgemeine, Die Zeit* oder *Die Welt* sowie den Fachzeitschriften der von dir angestrebten Branche eindecken. Außerdem findest du vielleicht auch eines der in unregelmäßigen Abständen erscheinenden Magazine, in denen branchenunabhängig Themen rund um Bewerbung, Job und Karriere behandelt werden. Und – damit wir auch die Wahrheit gesagt haben, als wir von »lohnend« sprachen, kannst du dir gleich noch Proviant für die Lesestunden mitnehmen.

TIPP | GEGEN ENERGIE(SCHLAG)LÖCHER

Schokolade zum Beispiel ist ein exzellenter Energiespender, Cola weckt die müden Lebensgeister und Kaugummi-Kauen regt ja bekanntlich die Synapsentätigkeit an. Also – zuschlagen!

Wieder zu Hause kannst du dich nun nach Herzenslust in Stellenanzeigen, Branchennews, Firmenprofile und aktuelle Trends und Moden vertiefen. Insbesondere in den überregionalen Zeitungen solltest du nicht in erster Linie nach Stellenanzeigen Ausschau halten. Vielmehr gilt es der »Wetterlage« auf dem Arbeitsmarkt nachzuspüren, Trends zu erkennen, über wichtige Veränderungen informiert zu sein und ein Gespür dafür zu entwickeln, was gesucht wird und mit welchen Begriffen besonders gerne operiert wird. Und dies geht am besten, indem du in den jeweiligen »Fach«-Seiten schmökerst: Wenn du gerne im Kulturbereich arbeiten möchtest, ist das Feuilleton das Richtige für dich, wenn du dich für die Tourismusbranche interessiert, solltest du die Reisebeilage aufmerksam studieren usw.

Punkt A – das Arbeitsamt

Und noch einmal wollen wir dich zu einem kleinen Spaziergang verführen. Diesmal fehlt leider der Schokoriegel als Anreiz, aber brauchbare Informationen erhältst du hier trotzdem: auf dem Arbeitsamt. Außerdem gibt's dort auch wertvolle Tipps, falls du einen Karrierestart im Ausland planst – die Berater und Beraterinnen klären Fragen zu Berufschancen im übrigen Europa.

Punkt V – Veranstaltungen der brauchbaren Sorte

Und nun wird es noch ein bisschen aufwändiger, aber vielleicht auch spannender und aufregender als bisher.
Erinnerst du dich noch an Cola, Chips und deine Gäste? Nun, mit ein bisschen Glück ist die richtige Kontaktperson schon dabei gewesen, noch wahrscheinlicher jedoch ist es, dass du sie außerhalb des Familien- und Freundeskreises finden wirst. Du willst wissen, wo? Dort, wo sich beruflich gleich Gesinnte und Menschen mit ähnlichen Tätigkeitsfeldern sammeln: auf Messen und Ausstellungen, Vorträgen oder Vernissagen, Kongressen und anderen Events.

Egal, an welchem der bis jetzt vorgestellten Orte du dich auch befindest – auf deinen Erkundungsgängen durch die Arbeitsmarkt-Informationen solltest du dein Augenmerk immer wieder auf die Schnittfläche von Angebot und Nachfrage richten.
Das bedeutet: Klopfe Anzeigen, Tipps und Informationen auf ihren für dich relevanten Gehalt ab. Das Angebot kann noch so verlockend klingen – als gelernte Automechanikerin hast du nun einmal nicht die besten Chancen, als 5-Sterne-Köchin auf einem Luxus-Ausflugsdampfer zu landen.

Trends und Moden
Versuche, aus den Anzeigen, Artikeln, Firmenbeschreibungen und Branchennews herauszulesen, welche Entwicklungen es auf dem Arbeitsmarkt gerade gibt, welche Bereiche, Qualifikationen oder Erfahrungen besonders gefragt sind, wohin Firmen und Firmenchefs schauen.

Terminologie
Auch das kann und muss man meist erst lernen: die Sprache des Arbeitsmarktes. Eigne dir Begriffe und Ausdrücke an, die du in den Zeitungen, im Internet, beim Arbeitsamt oder im Gespräch mit Fachleuten der Branche hörst, vor allem auch die immer häufiger verwendeten Anglizismen.
Zum Beispiel sollten dir als angehende PR-Expertin Ausdrücke wie controlling, sponsoring, events oder marketing geläufig sein, im Management-Bereich wirst du ohne outsourcing und coaching nicht weit kommen und ganz kryptisch kann es in der Welt von Computer und Internet werden, wo wir uns plötzlich mit Phänomenen wie applet, compiler oder debugger herumschlagen müssen.

So – wir erlauben uns einen kurzen Zwischenkommentar zum Aufbau unseres Reiseführers: Bisher sind wir davon ausgegangen, dass du dein eigenes Ziel noch gar nicht so genau kennst. Orientierungs- und Überblicksarbeit sollte geleistet werden. Durch die Gegend

schnuppern, Eindrücke gewinnen, Wege suchen, Möglichkeiten abtasten: Das war Sinn und Zweck der letzten sechs Punkte.
Jetzt geht es anders weiter. Durch deine Gespräche und Recherchen solltest du deinem Traumziel Job ein Stückchen näher gekommen sein. Du hast ein (oder mehrere) Unternehmen deiner Wahl gefunden. Hier würdest du gern anfangen. Jetzt geht es uns um Wegweiser, die dich zu Informationen über den fraglichen Arbeitgeber führen. Also: Wohin, um herauszufinden, wen du dir da als Arbeitgeber deiner Wünsche an Land gezogen hast?

Back to the roots – der Nullpunkt

Wenn alles mit rechten Dingen zugeht, du alle sechs Punkte abgehakt hast und auch die letzte Altpapiersammlung uns nicht in die Quere gekommen ist, dann müssten sie noch neben deinem Sofa liegen – Unmengen an verknitterten und eselsohrigen Zeitungen und Zeitschriften. Im ersten Durchgang hast du hier nach allgemeinen Informationen und Richtlinien gesucht. Jetzt kannst du ganz gezielt nach Artikeln und Anzeigen Ausschau halten, in denen das fragliche Unternehmen erwähnt wird, oder in denen es um wirtschaftliche, politische oder öffentliche Entwicklungen geht, die für deinen eventuellen zukünftigen Arbeitgeber von Interesse sein können und über die du deshalb Bescheid wissen solltest.

Zurück nach I – Internet und Firmenserver

Die meisten deutschen Unternehmen und öffentlichen Einrichtungen sind mittlerweile im Zeitalter neuer Technologien angekommen und präsentieren sich im Internet. Wenn du nicht weißt, unter welcher Adresse der Arbeitgeber deiner Wahl im www residiert, versuch es zunächst einmal auf die simple Art:
Nach http://www. den Firmennamen eingeben und dann noch die Länderkennung anfügen. Das ist für Deutschland de, für Frankreich fr, Italien it usw. Aber Vorsicht – ganz so idiotensicher wie es auf den ersten Blick scheint, ist auch dieses System nicht. Spanien beispielsweise findest du nicht unter sp sondern unter es. Deswegen schau,

um sicherzugehen, lieber noch einmal nach unter http://www.norid.no/domreg.html, hier findest du eine detaillierte Auflistung aller Länderkennungen von den USA (us) bis St. Helena (sh). Außerdem lohnt sich immer ein Versuch mit der Endung .com
Sollte dann noch immer kein blitzblank-gescanntes Firmenlogo auf deinem Bildschirm auftauchen, kannst du noch unter der Adresse http://www.e-business.iao.fhg.de auf Hilfe hoffen, unter der du eine Unternehmenszusammenstellung des Fraunhofer-Instituts für Arbeitswirtschaft und Organisation findest.

Und schließlich kann dir auch hier wieder eine der vielen Suchmaschinen weiterhelfen: Gib den Firmennamen, vielleicht noch den Standort des Unternehmens als Suchbegriffe ein und warte ab, was dir präsentiert wird.

Beispiele:

Corinna möchte sich um einen Ausbildungsplatz zur Buchhändlerin bewerben. Sie wohnt direkt neben einer Filiale der Kiepert-Buchhandlung in Berlin und verbringt dort lange Schmökerstunden. Sie glaubt, dass ihr das Arbeitsklima gefallen könnte, und möchte sich ein bisschen besser über Firmenphilosophie und Buchmarkt informieren.
Der Versuch übers Internet unter www.kiepert.de ist auf Anhieb ein Treffer. Nicht nur kann sie unter dem Stichwort »Kundenservice« die Verkaufsstrategien und -philosophie des Unternehmens unter die Lupe nehmen, sie bekommt unter »portrait« auch noch die gesamte Geschichte von der Geschäftsgründung bis zum aktuellen Kampf um die Marktanteile mitgeliefert und kann sich unter »Veranstaltungen« Termine für Lesungen und Vorträge notieren, deren Besuch sich bestimmt lohnt, nicht zuletzt für ein, zwei persönliche Sätze im Anschreiben, frei nach dem Motto: »Neben dem großen und gut ausgewählten Sortiment haben mich gerade in Ihrer Filiale auch immer wieder die Lesungen und Vorträge begeistert (besonders in Erinnerung geblieben sind mir Salman Rushdie und Gabor Steinhart mit ihrem Buch »Die stumme Prinzessin«), für die Sie es verstehen, ein dem jeweiligen Autor oder Vortragenden stets angemessene Umgebung und Atmosphäre zu schaffen. Gerade solche gestalterischen und organisatorischen Aufgaben würden auch mir viel Spaß machen ...«

Ein zweites Beispiel

Lisa will Versicherungskauffrau werden. Sie hat von den Fair Ladys in Berlin gehört, einem Versicherungsladen speziell für Frauen und denkt, dass das genau der Arbeitsplatz für sie sein könnte. Im Internet unter www.fairladies.de hat sie allerdings Pech und muss vor der Frage nach Benutzerkennwort und Passwort fürs firmeninterne Netzwerk kapitulieren. Dafür bringt ihr google unter den Stichworten: Fair Ladys, Berlin eine ellenlange Trefferliste, auf der sie gleich der erste Eintrag auf die Homepage der »Finanzfachfrauen Deutschland« bringt, wo unter anderem die Fair Ladys zu finden sind und wo sie sich ausführlich über »Wer wir sind«, Was wir für Sie tun« etc. informieren kann.

Punkt B – dein Briefkasten

Na, na, na. Falls du nicht gerade im fünften Stock wohnst, kann das doch nicht zu viel verlangt sein: Du sollst nur kurz nach unten zum Briefkasten laufen und schauen, ob brauchbare Post gekommen ist. Natürlich nur, wenn du vorher mal kurz zum Telefonhörer gegriffen hast und unter dem Stichwort »Wir über uns« ein nettes Gespräch mit der Abteilung für Öffentlichkeitsarbeit deines potenziellen Arbeitgebers geführt hast. Unter diesem Titel hält beinahe jedes größere Unternehmen Prospekte mit Informationen und Selbstpräsentation für eventuelle Kunden und künftige Mitarbeiter bereit, aus denen du so einiges über Firmenphilosophie, Klientel, Partner und Image erfahren kannst. Und auch bei kleineren Betrieben lohnt sich ein Anruf, um nach Informationsmaterial, Werbung oder Broschüren zur Selbstpräsentation zu fragen.

Punkt L – der Lokaltermin

Wer kennt den Spruch nicht: Es ist nicht alles Gold, was glänzt. Und so verlockend ein Ausbildungsplatz von weitem aussehen mag, so imposant ein Firmenname vielleicht klingt, und so schön bunt und glänzend die Werbeseiten sind – die Realität siehst du damit noch nicht. Denn die lässt sich auf Papier, in Worten und Bildern immer ein bisschen verschönern, verfärben, an der einen oder anderen Stelle retuschieren. Tatsächlich existent und erlebbar aber, das ist sie nur vor Ort. Und damit: Auf zum Lokaltermin, hinein in ein bisschen Spionagearbeit.

Mach dich also auf den Weg zu deiner möglicherweise künftigen Arbeitsstelle und schnuppere dort ein bisschen Arbeitsklima. Schau dich um: Kannst du dir vorstellen, in diesen Räumen acht Stunden am Tag zu verbringen? Oder findest du dich in einem bedrückenden Albtraum aus dunkler Holztäfelung, moosgrünen Teppichböden und orangebraun karierten Vorhängen wieder? Hör ruhig auch mal etwas genauer hin, wenn sich in deiner Nähe unterhalten wird. Wie hört es sich an? Wie ist der Umgangston?

Gut, gut, du hast Recht, das ist nicht so einfach. Du wirst nicht ungehindert in jede Firma hineinkommen, ohne aufzufallen oder vom Pförtner gleich wieder hinauskomplimentiert zu werden. Aber wo es geht, etwa in Behörden mit Publikumsverkehr, in Läden oder öffentlich zugänglichen Betrieben (z. B. ein Reisebüro), solltest du es wagen und ein bisschen spionieren. Vielleicht kannst du dich auch als potenzielle Kundin ausgeben und so deinen zukünftigen Kollegen und Vorgesetzten auf den Zahn fühlen.

Kommst du nicht hinein in den Betrieb deiner Träume, nimm dir ein Herz und sprich einen der Mitarbeiter an, der morgens oder abends die Firma verlässt. Am besten, du rückst gleich mit der Wahrheit heraus und sagst, dass du dich für einen Ausbildungsplatz bewerben willst und dabei bist, dir ein Bild von der Branche und verschiedenen Betrieben zu machen. Du wirst feststellen, Engagement, Sorgfalt und Mut kommen immer gut an – nicht nur bei möglichen Arbeitgebern.

Immer die

Kleider machen Leute, das ist nichts Neues.
Aber Lebensläufe?
Nun, die sollten zwar nicht
in Kostüm und weißer Bluse,
aber trotzdem elegant,
souverän und business-like daherkommen.
Ein bisschen Lack kann nicht schaden...

Form wahren

Zu Material und Gestaltung

Es wird ernst – die Stunde der Wahrheit, in der du dein Leben schwarz auf weiß zu Papier bringen wirst, rückt immer näher.
Und sie will vorbereitet sein. Schließlich willst du die ganze Arbeit und Mühe am Ende auch schön ansprechend präsentieren.
Eine geschmackvolle Gestaltung und ein ansprechendes Äußeres können manchmal genauso viel für dich tun wie außergewöhnliche Fähigkeiten oder gute Fachkenntnisse: das Interesse und die Sympathie des Arbeitgebers wecken.
Was aber darf man verstehen unter einer »schönen Gestaltung« und einem »ansprechendem Äußeren«? Nun, schon das kommt ganz auf das Unternehmen an, bei dem du dich bewirbst.
Sicher solltest du der renommierten Anwaltskanzlei nicht mit der neongrünen Schrift auf rotem Untergrund kommen. Und wenn du dich bei der PR-Abteilung unter dem Motto »Weniger ist mehr« vorstellst, solltest du das nicht gerade mit Schrifttyp lucida Handwriting tun. Anders sieht die Sache aus, wenn du beispielsweise als Modedesignerin oder Graphikerin kandidierst. Ganz nach Ausrichtung und Selbstverständnis des Büros, dem du deine Unterlagen schickst, kann dann gerade das Ausgefallene und etwas Verquere den entscheidenden Pluspunkt für dich bringen. Schon bei der Auswahl der Materialien, der Schrifttypen, Farben etc. solltest du also ein genaues Bild deines Arbeitgebers im Kopf haben. Dann kannst du Pappe, Papier, Farbe oder Form deiner Unterlagen im Geiste daneben halten und beurteilen, ob ein harmonischer Eindruck entsteht.
Bei dieser Arbeit können wir selbstverständlich nicht weiterhelfen. Der Blick auf deinen eigenen Stil, deine Vorlieben und deine Vorstellungen von dem Unternehmen, bei dem du dich bewirbst, bleibt dir ganz allein überlassen. Wir können dir jedoch einige grundsätzliche Tipps und Regeln mit auf den Einkaufsbummel geben, die im entscheidenden Moment die Auswahl erleichtern können.

Apropos Einkaufsbummel – das bringt uns gleich zu Regel Nummer eins: Geh in gut gerüstete Schreibwarenläden mit großer Auswahl. Das mag dir die Entscheidung erschweren, denn wer die Wahl hat, hat bekanntlich auch die Qual, aber es garantiert, dass die fertigen Unterlagen deinen Vorstellungen und Wünschen so nahe wie möglich kommen und bietet vielleicht auch wertvolle Inspiration in letzter Minute.

Also – lass deiner Kreativität und deinem Gespür für Nuancen freien Lauf. Du kennst deinen zukünftigen Arbeitgeber, also kannst DU am besten beurteilen, was ankommt und was nicht. Was uns angeht, so raten wir ganz allgemein zu Folgendem:

PP – Papier und Pappe

Frau präsentiert sich mit Rückgrat – eine Schlabbermappe, die bei der kleinsten Berührung einknickt, macht nirgends Eindruck. Schöne, stabile Pappe bietet sich als Rückseite an.

Auch für das Papier gilt: Es darf ruhig ein wenig gehaltvoller sein. Am besten eignen sich Blätter zu 90 g\m^2, gerne in leichter Tönung. Allerdings solltest du gut auf die farbliche Abstimmung zum Foto achten, vor allem bei Schwarz-Weiß-Bildern, die oft nicht einfach schwarz-weiß sind, sondern je nach Atelier, Apparat und Fotograf eher in wärmeren Tönen gehalten sind, mit einem Stich Gelb oder Rot oder kühl und klar ins Bläuliche tendieren.

Foto mit Stil

Und wenn wir schon dabei sind: Weißt du, weshalb die Menschen in Modezeitschriften und Filmen manchmal gar so unverschämt gut aussehen? Wie? Genetischer Glücksfall? Nun, das sicher auch. Trotzdem würdest du bei einer zufälligen Begegnung zwischen Tür und Angel vielleicht ganz unbemerkt an ihnen vorbeigehen. Das wahre Geheimnis der Glanz- und Glamourschönheit liegt also anderswo: in der Lampe, dem Beleuchtungswinkel, der Schminke, dem Schatten, der Farbauswahl und dem goldenen Schnitt. Soll heißen: Zumindest zu 40 Prozent im Talent des Fotografen.

Dir sollte also unbedingt klar sein, wie wichtig eine sorgfältige Foto-Auswahl für deine Bewerbung ist.
Denn das Porträt ist das Erste, was an einer gekonnt angelegten Mappe ins Auge fällt, und es bestimmt in den entscheidenden ersten Sekunden, welches Bild von dir sich im Hirn des Personalchefs verankert. Du selbst hast die Möglichkeit, ihm eine gute Vorlage dafür zu geben:
Suche dir einen fähigen Fotografen, überlege gut, ob dir Farbe oder Schwarz/Weiß besser steht, lass es ruhig ein bisschen größer und auch mal ein ausgefallenes Format sein und dann platziere gut.
Ob ein Foto gelungen ist, kannst du an zwei Kriterien festmachen: Erstens: Erkennst du dich selbst in diesem Bild wieder? Und dann: Siehst du dich so auch als künftige Mitarbeiterin? Ausschnitte aus Urlaubsfotos verbieten sich damit natürlich von selbst!
Bleiben noch einige letzte Worte zu den Örtlichkeiten: Klar ist – ins Auge muss es fallen. Ob es das von einem extra kreierten Deckblatt oder der ersten Seite deines Lebenslaufs aus tut, ist eigentlich egal. Nur mit Bedacht platziert soll es sein – mit genügend Abstand rundherum, nicht an den Rand gepresst oder gar ins letzte Eck getackert.

Deckblatt mit Pfiff

Ob du eines entwirfst oder nicht, liegt ganz bei dir bzw. ist auch davon abhängig, wie umfangreich deine Bewerbungsmappe sein wird. Wenn nach dem Deckblatt nur noch vier Blätter folgen, lass es besser sein. Üppigeren Bewerbungsunterlagen hingegen steht ein Deckblatt sehr gut. Falls du dich also **FÜR** einen besonders gestalteten ersten Blickfänger entscheidest, gilt hier mehr denn je: Auf die Optik kommt es an. Die muss zum Unternehmen, zur Stelle, aber auch zu deiner Position passen.
Inhaltlich solltest du dich dabei erst einmal zurückhalten. Auf einem Deckblatt darfst du den Adressaten deiner Bewerbungsunterlagen vermerken, deinen Namen, Anschrift, Telefonnummer, E-mail-Adresse und gegebenenfalls einige erste persönliche Daten wie Geburtsdatum und -ort. Damit reicht es auch schon, denn es ist He-

rausforderung genug, diese Angaben samt Foto so auf 21 x 29,7 cm zu verteilen, dass es auch tatsächlich gut aussieht.
Einzige Ausnahme: Für den Fall, dass du ein aussagekräftiges Lebensmotto in Form eines Zitats oder eines Sprichworts unterbringen möchtest, darf auch das gerne dem Deckblatt den letzten Schliff und die persönliche Note geben. Aber gut überlegen, bevor du auswählst. Dein literarischer Erguss sollte tatsächlich von Herzen kommen, darf weder abgedroschen, verbraucht noch nichts sagend wirken und muss zu der von dir angestrebten Stellung passen.

Und nun die Verpackung

Zurück zum Rohmaterial: Du hast also nun deine stabile Pappe, die 90 g/m² Blätter in farblicher Abstimmung zum Foto, wahlweise mit oder ohne Deckblatt als Blickfang. Dann solltest du deine gesammelten Unterlagen nun mit einer durchsichtigen oder milchig-semidurchsichtigen Folie krönen und mittels einer Klemmschiene in ein ordentlich gebündeltes Dokument verwandeln. Auch eine Ringbindung ist möglich und schön, dazu allerdings musst du mit deinen Unterlagen wohl zum nächstgelegenen Copyshop.
Auf keinen Fall solltest du zu Schnellheftern oder den unter der Bezeichnung Wirtschaftswissenschaftler-Bewerbungsmappen bekannten aufklappbaren Papp-Dreiteilern mit Aufdruck greifen. Erstere sehen einfach schäbig aus und mit Letzteren bist du nur ein

anonymes blaues Viereck unter vielen: Solche Mappen existieren wie Sand am Meer und lassen noch nicht einmal den Blick auf Foto oder Deckblatt zu.
Bleiben eigentlich nur noch einige Grundsätzlichkeiten zu besprechen: Die Schriftarten hatten wir ja bereits erwähnt – falls du dich nicht gerade zur Künstlerin oder Revoluzzerin berufen fühlst, raten wir zum möglichst einfachen und schlichten Stil. Das sieht erstens ansprechend aus und schont zweitens die beanspruchten Personalchefaugen.
Ähnliches gilt für die Gestaltung: Es ist nichts gegen Ausgefallenes und Kreativität einzuwenden. Dennoch darf unter keinen Umständen die Übersichtlichkeit leiden. Deine inhaltliche Gliederung muss auf einen Blick erkennbar, deine Daten müssen klar zugeordnet sein.
Tja und dann? Dann bleibt abschließend zu sagen, dass sich auch am wichtigsten Gebot aus Zeiten von Tintenklecksen und blauen Schmierflecken nichts geändert hat: Auch und erst recht mit PC und Tintenstrahl gilt: Sauber muss es sein.
Deshalb: Die Kaffeetasse aus dem Schwapp-Radius verbannen, statt zur Schokoschmiere lieber nach den Gummibärchen greifen und mit Argusaugen nach Eselsohren spähen.

Und um dir diese ganze schöne Predigt auf einen Blick vor Augen zu führen, hier noch mal das Wichtigste in Kürze:

- in gut ausgerüsteten Schreibwarenläden kaufen
- stabile Rückseite aus Pappe
- 90 g/m^2 Papier, eventuell leicht getönt
- Klemmschiene oder Ringbindung
- je nach Umfang ein Deckblatt
- (semi)durchsichtige Folie
- sorgfältig ausgewähltes Foto als Sympathieträger
- Foto, Schrift, Design in Abstimmung zur Stelle
- SAUBERKEIT

Die Software

Die Verpackung muss stimmen,
keine Frage.
Aber bring dieses Argument mal
einem Kunden entgegen,
der die smarte Hülle entfernt hat
und nun ein kaputtes Produkt
zur Reklamation bringt…
Inhaltliche Qualität zahlt sich auch
im Lebenslauf aus.

des Lebenslaufs

Die Dramaturgie

Du kennst solche Situationen vielleicht: Man hat vor sich den Computer samt Betriebssystemen und Programmen, Ideen und Konzepte im Kopf, die Tastatur unter den Händen, den Drucker zu Füßen – und trotzdem kommt am Ende nicht das heraus, was man sich gewünscht hat. Der Grund? Schlechtes Anwendungsprogramm, das nicht genug Möglichkeiten, Tipps und Tricks kennt.
Genau dasselbe kann einem Lebenslauf passieren. Computer, Papier, Tintenstrahl, Foto, Gestaltungsideen und Lebensdaten: Alles ist da, aber am Ende wird er langweilig, unübersichtlich und völlig beliebig. Der Grund? Es hat dir einfach noch nie jemand gezeigt, wie man mit all den Daten und Informationen umgeht und wie man sie am besten verarbeitet. Dir fehlt also das richtige Anwendungsprogramm und genau das soll das nächste Kapitel bieten: die Software für den Lebenslauf, die Bescheid weiß über Fragen nach Dramaturgie, Reihenfolge und Gliederung, nach Spannungsbogen und Höhepunkt: Wo anfangen? Wo aufhören? Und was zwischendurch?

A bis Z? Z bis A? Z bis N? I bis M? A bis H?

Grundsätzlich hast du zwei Möglichkeiten, deinen Lebenslauf anzulegen: Chronologisch oder sortiert nach Überschriften.
Im ersten Fall kannst du noch entscheiden, ob du vorwärts oder rückwärts durch dein Leben reisen willst, ob du also den Leser deines Lebenslaufs von der Geburt bis zum letzten Zeugnis führen willst oder lieber das Hier und Heute in den Vordergrund rückst und von dort aus dem Arbeitgeber einen Überblick über das Zuvor und Früher gibst.
Deinen Lebenslauf in dieser traditionellen, chronologischen Form anzulegen, ist dann ratsam, wenn dein Leben bisher in recht geordneten, stringenten und klar überblickbaren Bahnen verlief.
Ansonsten raten wir zu Variante Nummer zwei: der Anordnung nach Themenfeldern und Überschriften. Zum einen erleichtert eine solche

Form der Gliederung dem Arbeitgeber den Überblick, zum anderen bietet sie auch dir mehr Freiheiten bei der Gestaltung und Möglichkeiten, die Argusaugen der Personalchefs in gewünschte Richtungen zu lenken, vorbei an kleinen Ungereimtheiten oder Lücken deines Lebenslaufs.
Es müssen in deinem Lebenslauf folgende Posten auftauchen, wobei du natürlich eigene Überschriften finden, anders aufteilen und gliedern darfst und sollst:

- Persönliche Angaben (Geburtsdatum und -ort, evtl. Familienstand und Mobilität)
- Ausbildung (Schule/Lehre/Studium)
- Praxiserfahrungen (Praktika, erste Berufserfahrungen)
- Zusatzqualifikationen (Seminare, Fortbildungen etc.)
- Sprachkenntnisse
- EDV-Kenntnisse
- Eventuell Auslandsaufenthalte
- Sonstiges: Wettbewerbe, Wehr- oder Zivildienst, FSJ etc.
- Hobbys und Ehrenämter

Innerhalb der einzelnen Blöcke musst du dich wiederum zwischen der zeitlich vorwärts oder rückwärts laufenden Darstellung entscheiden, wobei du das, wofür du dich einmal entschieden hast, konsequent im gesamten Lebenslauf durchhalten solltest.
Wie gesagt, unsere Aufzählung soll dir keine obligatorische Gliederung vorgeben, sondern lediglich eine Auflistung der notwendigen Bestandteile bieten. Je nachdem, was dein Lebenslauf hergibt oder eben nicht, kannst du eigene Überschriften finden, mehrere Posten zusammenfassen oder Blöcke auch in weitere Einzelteile aufsplitten.

Und damit wären wir auch schon bei der wohl wichtigsten Erkenntnis zum Thema Lebenslauf:

> Eine Bewerbung ist wie ein Heiratsantrag – persönlich, individuell, einmalig.

Und haargenau dasselbe gilt für jedes beliebige Unternehmen – es darf in deiner Bewerbung nicht nach Beliebigkeit aussehen. Und die Chefin im Frisiersalon, die du mit deiner 1A-Ausbildung zur Landschaftsgärtnerin und dem Satz: »Ich bin sicher, mit meinem gestalterischen Elan bin ich genau die Richtige für Ihr Team« überzeugen willst, wird sich nur verwundert am Hinterkopf kratzen und dich bestenfalls in einigermaßen höflichem Tonfall verabschieden.
Lebenslauf ist also nicht gleich Lebenslauf. Für dich und die Konzeption deiner Vita bedeutet das, dass du dich immer und immer wieder zu biographischen und gestalterischen Anpassungsleistungen aufraffen musst. So gut vielleicht im Reisebüro deine zweijährige Globetrotterzeit ankommen mag, für die Mitarbeit bei einer Vermögensberatung solltest du die Aufmerksamkeit doch lieber auf deine betriebliche Steuerlehre oder den Studienschwerpunkt Unternehmensplanung lenken.

Lückenloser Lebenslauf?

Es hält sich in Bewerberkreisen hartnäckig die Horrorvision vom peinlich peniblen Personalchef, der mit der Lupe in der Hand den Lebenslauf der Bewerber nach Lücken absucht.
Lass uns hier ein für alle Mal klarstellen: An der minutiösen Auflistung deiner Lebensdaten bis auf Tag und Stunde genau hat kein Mensch Interesse. Von einer derartig präzisen Datumsführung hast du höchstens dreierlei: mehr Zeitaufwand, mehr Denkarbeit und noch dazu von Anfang an ein Image als engstirnige Pedantin.

Und wenn dir die Attribute Übersichtlichkeit und Privatsphäre sowieso mehr zusagen, dann greif dankbar nach der Möglichkeit, auch einmal ein, zwei Wochen oder Monate deines Werdegangs unter den Präsentationstisch fallen zu lassen: Arbeite mit Jahres- und Monatszahlen. Genauer muss es nicht sein.

Stringenz

Viel wichtiger sind in deinem Lebenslauf andere Aspekte: die Stringenz und der rote Faden. Personalchefs verzeihen Orientierungsphasen und sind meistens begeistert von vielschichtigen Interessen. Aber es muss erkennbar bleiben, dass es in deinem Leben ein bestimmtes Muster gibt, eine Richtung, in die du konsequent weiterarbeitest, auch wenn du dabei so viel wie möglich vom Wegesrand aufsammelst. Kurz gesagt, dein Leben sollte bisher einer halbwegs logischen Ordnung gefolgt, und du solltest nicht wie ein aufgescheuchter Falter von Lichtquelle zu Lichtquelle geflattert sein.

Und keine Angst, auch daran lässt sich noch im Nachhinein, also bei der Konzeption eines Lebenslaufs, arbeiten. Je nach Unternehmen und Branche, in der du dich bewirbst, hebst du einfach alle bisherigen Tätigkeiten, Ausbildungen, Kurse, Studienschwerpunkte oder Wahlfächer und Seminare heraus, die in die entsprechende Richtung weisen. Andere können dafür ruhig unberücksichtigt bleiben, oder unter Sammelbegriffen zusammengefasst werden. So vermittelst du den Eindruck zielstrebiger Lebensplanung, auch wenn die Seminare zum Gesundheitsmanagement vielleicht nur eine Wochenendveranstaltung unter vielen waren und dein Praktikum das einzige, das noch übrig war, als du nach zwei Wochen Krankenhaus wieder zum Unterricht gegangen bist.

Grobe Fouls und mehr

Kommen wir nun zu all dem, was in einem Lebenslauf nichts zu suchen hat bzw. guten Gewissens außen vor gelassen werden kann. Dazu zählen zunächst einmal alle Angaben zu

- Religion
- Staatsangehörigkeit
- Gesundheitszustand
- Körpermaßen
- Straffälligkeit, Drogenentzug, sonstigen Therapien etc.

Zu diesen Themen hast du auch im Vorstellungsgespräch das verbriefte Recht auf Notlügen ohne Wimpernzucken. Es gibt allerdings einige Ausnahmen:

- Deine Religionszugehörigkeit musst du angeben, wenn du dich bei kirchlich gebundenen Institutionen bewirbst. Das kann häufiger bei Kindergärten, Krankenhäusern oder Pflegeheimen der Fall sein.
- Über deine Staatsangehörigkeit musst du in keinem Fall ein Wort verlieren. Solltest du jedoch einen ausländisch klingenden Namen und trotzdem die deutsche Staatsbürgerschaft haben, raten wir, das anzugeben.
- Zu deinem Gesundheitszustand musst du keinerlei Auskunft geben. Jede falsche Angabe läuft unter Notlüge. Du solltest allerdings gerade bei dieser Frage gut abwägen, ob du dir nicht selbst schadest, wenn du Informationen zurückhältst. Bei Erbkrankheiten, chronischen Krankheiten oder im Fall einer Behinderung raten wir deshalb dringend, sich bei Experten (z.B. Arbeitsrechtlern) Rat zu holen.
- Die dreiste Frage nach den Körpermaßen dürfen sich einige doch erlauben: Polizei und BSG beispielsweise gehören dazu.

So weit zu deinen Rechten, kommen wir nun zu den Pflichten bzw. Verboten. Unverzeihbare Fauxpas, die du unter allen Umständen vermeiden solltest, sind Patzer der folgenden Art:

- die bereits erwähnte minutiöse Chronologie;
- das berüchtigte Ferienfoto;
- Erwähnung von Uninteressantem und Selbstverständlichem (Krabbelstube und Kindergarten bleiben also bitte draußen!).

Die Anlagen

Auch wenn wir es manchmal mit der Genauigkeit und der Vollständigkeit nicht so genau nehmen – soll das nicht heißen, dass du dir ein neues Leben zusammenschustern kannst. Denn auch wenn nicht jeder Schritt dokumentiert werden kann und muss – nach Beweisen verlangt es das Arbeitgeberherz dennoch. Und deshalb gehört zu jedem Lebenslauf neben den ein/zwei Seiten eigener Geschichte eine je nach Position und Alter der Bewerberin mehr oder weniger große Anzahl von Zeugnissen, Bescheinigungen und Zertifikaten.
Zur Ordnung und Präsentation gelten dabei folgende Regeln:

- Zeugnisse, Zertifikate o. Ä. müssen in Deutschland grundsätzlich nicht beglaubigt sein (außer wenn es ausdrücklich verlangt wird), und
- sie sollten in deinen Unterlagen komplett und in chronologischer Reihenfolge auftauchen.

Natürlich bleibt dir trotz dieses Grundsatzes ein gewisser Gestaltungsspielraum. Das einzige Muss sind die aktuellsten Unterlagen, die unbedingt zuoberst auf den Anlagestapel gehören. Danach kannst du durchaus Lücken lassen oder Negativbeispiele auch mal weiter nach hinten sortieren.

Gute Zeugnisse – schlechte Zeugnisse

Die Sache mit den Negativbeispielen ist übrigens heikles Terrain. Denn die Entzifferung von Arbeits- oder Praktikumszeugnissen kann es an Schwierigkeit manchmal schon mit den Hieroglyphen im alten

Ägypten aufnehmen. Die richtige Deutung von Formulierungen und Feinheiten sowie das gekonnte Lesen zwischen den Zeilen gelingen oft nur dem geübten Auge mit dem nötigen Insider-Wissen.

Ein Beispiel:

> … ihr Verhalten gegenüber Vorgesetzten und Mitarbeitern war stets freundlich und kooperativ …
>
> … ihr Verhalten gegenüber Kunden, Vorgesetzten und Mitarbeitern war stets zuvorkommend …
>
> … ihr Verhalten gegenüber Mitarbeitern und Vorgesetzten war immer freundlich und zuvorkommend …

Na, erkennst du ihn, den Schwarzen Peter? Es ist Version Nummer drei, ein wahrer Schlag ins Gesicht jeder Arbeitnehmerin. Denn übersetzt heißt die Reihung »Vorgesetzte« HINTER »Mitarbeitern«, dass du ein aufsässiges, aufmüpfiges und respektloses kleines Störgör warst, das mit Vorliebe auf Chefnasen tanzte.
Dagegen sagen Version eins und zwei tatsächlich das, was man liest, auch wenn die Voranstellung der Kunden (Nr. 2) bei manchen Personalchefs noch immer in den falschen Hals geraten kann. Im Dienstleistungsgewerbe ist sie jedoch inzwischen üblich.

Du siehst jedenfalls, wie verklausuliert und codiert solche Arbeitszeugnisse wertvolle Informationen von einem Chefschreibtisch zum anderen transportieren.
Für dich als Nicht-Eingeweihte fällt eine Beurteilung der Unterlagen da oft schwer. Ein erster grober Anhaltspunkt kann folgende Checkliste sein, eine Aufreihung aller wichtigen Posten, die in einem Zeugnis auftauchen sollten:

Eingangssatz
Titel, Name, Geburtsdatum(-ort), Tätigkeitsbezeichnung, Dauer des Arbeitsverhältnisses

Position und Aufgabenbeschreibung

Auf welcher Position, in welcher Abteilung etc. hast du gearbeitet? Was waren deine Aufgaben? Worin bestand deine Arbeit? Was durftest du selbstständig erledigen? Welche Vollmachten hattest du? Hast du Vorgesetzte oder Mitarbeiter vertreten können? Hast du an Projekten mitgearbeitet? Hattest du finanzielle Verantwortung, ein spezielles Budget o. Ä?

Beurteilung der Leistung und des Erfolges

- ***Arbeitsbereitschaft und Motivation:***
  War zu spüren, dass du dich mit dem Unternehmen identifizierst und dich engagierst? Hast du Eigeninitiative gezeigt? Bescheinigt man dir Pflichtbewusstsein und Einsatzwillen? Warst du interessiert und flexibel bei der Arbeit?
- ***Arbeitsbefähigung und Können:***
  Bist du belastbar und wenn es sein muss auch mal über die Zeit einsatzfähig? Wie gut verträgst du Stress? Verstehst du neue Aufgaben und die Anweisungen, Erklärungen deiner Vorgesetzten und Mitarbeiter schnell? Wie gut sind dein Urteilsvermögen und Organisationstalent? Kannst du gut planen und entscheiden? Bist du kreativ und bringst neue Ideen ein?
- ***Fachwissen und Weiterbildung:***
  Was kannst du? Wie fit bist du in deinem Fachgebiet? Kannst du deine theoretischen Kenntnisse auch praktisch umsetzen? Ergreifst du auch mal von selbst die Initiative? Zeigst du Interesse am Lernen und Weiterlernen?
- ***Arbeitsweise und Arbeitsstil:***
  Arbeitest du selbstständig, zuverlässig und sorgfältig? Kannst du methodisch und systematisch an Problemstellungen herangehen? Bist du gut im Planen von Projekten, eigener Arbeit oder auch allgemeinen Arbeitsabläufen?
- ***Arbeitserfolge und Ergebnisse:***
  Wie gut war deine Arbeit, was hat sie dem Unternehmen gebracht? Wie schnell kannst du arbeiten, wie viel produzieren? Wie produktiv arbeitest du? Erfüllst du Soll-Vorgaben? Hältst du Termine ein?

Führungsumstände und Führungsleistungen (bei Vorgesetzten)

Zahl der Mitarbeiter, Abteilungsleistung, Betriebsklima, Art der Mitarbeiter, Arbeitsatmosphäre, Mitarbeiterzufriedenheit.

Beurteilung des Sozialverhaltens

Wie verhältst du dich deinen Vorgesetzten gegenüber, wie den Mitarbeitern? Wie gehst du mit Kunden um? Wie ist dein Umgang mit Geschäftspartnern und Externen?

Zusammenfassende Leistungsbeurteilung

Wie wird deine fachliche und soziale Kompetenz dargestellt?

Schlussabsatz

Beendigungsformel, Dankes-Bedauern-Formel, Empfehlung, Verständnis, Wiedereinstellungsaussage, Wiederbewerbungsbitte, Zukunftswünsche, Erfolgswünsche o.Ä., also z.B. so:
»Wir bedauern das Ausscheiden von Frau xy aus unserer Firma und wünschen ihr persönlich und beruflich für die Zukunft alles Gute.«
»Wir haben Frau xy während des Praktikums als optimale Ergänzung unseres Teams erlebt und würden uns über eine Bewerbung um einen Ausbildungsplatz freuen.«
»Sehr zu unserem Bedauern ist es uns aus betrieblichen Gründen nicht möglich, Frau xy nach der Ausbildung in ein festes Arbeitsverhältnis zu übernehmen. Wir können Sie jedoch als kompetente und fähige Mitarbeiterin für den PR-Bereich jedem Arbeitgeber empfehlen.«
Ausstellungsdatum
Unterschrift

Alles in allem sollte dein Zeugnis viel versprechendes Jagdterrain für folgende Begriffe oder deren Synonyme sein:
Vertrauenswürdigkeit, Vorbildlichkeit, Kontaktfähigkeit, Integrität, Wertschätzung, Loyalität, Diskretion, Anerkennung, Verhandlungsstärke, Teamfähigkeit, Kooperation, Durchsetzungsvermögen ...

Trotzdem raten wir dir für den Zweifelsfall, dir professionelle Hilfe zu holen. Wenn du dir bei einem Zeugnis nicht sicher bist, ob es ein gutes oder schlechtes Bild auf dich als Arbeitnehmerin wirft, wenn du vielleicht mit dem betreffenden Chef auf Dauerkriegsfuß standest und wenn du besagtes Dokument trotzdem aus Gründen der Aktualität in deine Anlagen aufnehmen musst, dann lass von Dritten einen Blick darauf werfen.
Eingeweihte Argusaugen findest du beispielsweise bei:
[beruf+konzept], Berlin
Tel: (030) 850 77 656
E-Mail: info@beruf-konzept.de

Für jetzt oder später

Wir nehmen ja mal an, dass die meisten von euch dieses Kapitel einfach überblättern können. Für (werdende) Mütter allerdings und vielleicht auch vorsorgend für solche, die es in ferner Zukunft einmal werden wollen, kommen hier ein paar Tipps, wo man den lieben Nachwuchs im Bewerbungsverfahren und im Lebenslauf unterbringt.

Worum geht es? Nun, es geht um Vorurteile, um Windelwechseln und Kugelbäuche, um neue Erdenbürger und darum, was Letztere mit den Lebensläufen und Berufschancen ihrer Erzeuger so anstellen. Denn trotz gesellschaftlichen Wandels, Emanzipation und öffentlicher Diskussion über berufliche Benachteiligung von Frauen auf dem Arbeitsmarkt, ist noch immer Tatsache, dass das Wort »Familienphase« in vielen Personalabteilungen und Chefetagen ein unwilliges Stirnrunzeln provoziert. Das Image der Hausfrau und Mutter als Fulltime-Managerin eines ständig krisengefährdeten Kleinunternehmens hat sich in den Gehirnen der hohen Herren noch nicht verankert, zumindest nicht flächendeckend. Stattdessen fürchtet man weiterhin den Arbeitsausfall, die mangelnde Praxis, die Entfernung vom Arbeitsmarkt und im schlimmsten Fall den potenziell schon wieder wachsenden und Mutterschaftsurlaub fordernden Bauch.
Was aber heißt das für eben jene Mütter, die auch trotz und mit Kind (wieder) in den Arbeitsmarkt einsteigen wollen und die überhaupt nicht einsehen, weshalb Familie und Karriere sich nicht miteinander vereinbaren lassen sollten?
Nun, auch hier gilt zuallererst wieder die alte Devise, sich genauestens über den Arbeitgeber und seine Firmenpolitik zu informieren. Es macht für die folgenden Überlegungen einen großen Unterschied, ob du an eine Firmenhierarchie mit patriarchalem Führungsstil geraten bist, oder ob du dich als Mitarbeiterin bei einer Frauenzeitschrift mit beinahe ausschließlich weiblicher Führungsriege oder gar als Erzieherin oder Kindergärtnerin bewirbst. Taste deinen Traumarbeitgeber vorsichtig nach Verständnis bzw. Verbohrtheit ab und entscheide dementsprechend.

Schwangerschaft und Kinder im Lebenslauf?

In zwei Fällen solltest du die Familienphase auf jeden Fall angeben: Wenn du es für ungefährlich oder sogar vorteilhaft hältst und wenn du so lange neben der Karriere- (oder auch Schul-)leiter pausiert hast, dass in deinem Lebenslauf zwangsläufig eine große, unerklärbare Lücke klaffen würde. Falls du dann Klartext redest, ordne deine Familienphase unter allen Umständen unter die Rubrik »Berufs-

tätigkeit« o.Ä. Denn wie schon gesagt: Wenige Führungspositionen verlangen einem Menschen so viel Geduld, Motivation, Diplomatie, Durchsetzungsvermögen und Delegationstalent ab wie der Marathon zwischen Herd, Spielplatz, Windeln, Waschmaschine, Fragen, Weinen und tollkühnen Entdeckerfreuden. Mach klipp und klar deutlich, dass du in deiner Zeit im eigenen Haus wertvolle praktische Erfahrungen auch für den Arbeitsmarkt gesammelt hast.
Wer allerdings nur einige Monate zu Hause bei Küche und Kind verbracht hat und zu der Überzeugung kommt, dass der Arbeitgeber in spe davon besser nichts wissen sollte, der kann nach Strategien zur unauffälligen Vertuschung suchen. Dazu bietet sich wiederum die Gliederung nach Themengebieten an. Vielleicht hast du im Studium eine Auszeit für den Nachwuchs genommen, dabei aber ab und zu im Architekturbüro deines Onkels als Bürokraft ausgeholfen? Nun, dann steht unter den praktischen Erfahrungen für die fragliche Zeit eben der Posten »freie Mitarbeit im Büro xy« – ob das nun zwei oder 20 Stunden in der Woche waren, das muss schließlich nicht Thema deines Lebenslaufs sein.

Bei der Frage »Familienphase – angeben oder nicht« geht es immer darum, wie man eine Lücke im beruflichen Werdegang oder in der Ausbildung erklärt. Was dagegen zusätzliche Angaben zu Kindern oder eventuelle Schwangerschaften angeht (wenn eine solche Lücke im Lebenslauf gar nicht existiert oder schön glatt übertüncht werden kann), so gilt grundsätzlich: Erst mal draußen lassen. (Es sei denn, der Job bringt Risiken oder Belastungen für deine Gesundheit. Dann allerdings bist du sogar dazu verpflichtet, den Arbeitgeber über eine Schwangerschaft zu informieren.)
Erst das etwaige spätere Vorstellungsgespräch ist der richtige Rahmen, um solche Themen offensiv zur Sprache zu bringen. Hier hast du dann die Plattform, um in deiner Darstellung des Sachverhalts mögliche Missverständnisse zu klären und Vorurteilen gleich den Wind aus den Segeln zu nehmen. Das wirkt zum einen zielstrebig und durchaus mutig und bringt zum anderen ehrlich und klar das Thema Vorurteile auf den Tisch. Frei nach dem Motto: Angriff ist die beste Verteidigung.

Beispiele und andere Beweise

Genug der vorbereitenden Worte.
Das schönste Plädoyer ist
nutz- und wertlos
ohne handfeste Beweise.
Jetzt geht es an die
praktische Umsetzung!
Hier einige Beispiele.

Das Leben hat viele Gesichter

In diesem Kapitel findest du Beispiele für Lebensläufe und ein Qualifikationsprofil.
Die Muster sind nach dem Alter der Bewerberinnen geordnet und nach folgenden Kriterien angelegt:

Variierende Gestaltung, wie sie unserer Meinung nach optisch ansprechend ist.

- Auswahl eines Themenschwerpunktes für jeden der Lebensläufe
- Und um dir ein bisschen Schadenfreude zu lassen: Einbau von kleinen Ungereimtheiten und Fehlern

Zu jedem Muster findest du dann eine ausführliche Besprechung: Was ist die Besonderheit des jeweiligen Lebenslaufs, was ist gelungen, und wie lassen sich die Fehler verbessern oder vermeiden? Dabei sind vor allem die letzten beiden Beispiele eher als Ausblick zu verstehen, wie vielleicht eure Lebensläufe in späteren Bewerbungszeiten einmal aussehen könnten, also nicht erschrecken über die Länge und Menge an Daten. Auch heben wir den Vorhang des Offiziellen kurz an und geben den Ziffern und Buchstaben auf den Lebensläufen Gesichter, um dir eine Idee zu geben, was sich hinter Terminologie und Zahlenwust an Leben verbirgt. Die Fehler haben wir in den Musterlebensläufen übrigens deutlich optisch hervorgehoben, um dich nicht in Abschreibegefahr zu bringen. Denn apropos abschreiben: Diese »Musterlebensläufe« sollen natürlich nur als Anregung und Inspiration dienen, nicht das Denken und Gestalten ersetzen.

Katharina Kovalskij
An der Mühle 18

03276 Hulfingen

Telefon 0 93 90/3 65 43
E-Mail: k.kovalskij@t-online.de

Bewerbung

um einen Ausbildungsplatz als Erzieherin
bei der
Gemeinde Sandhofen

CURRICULUM VITAE

Katharina Kovalskij

geboren am 12.03.1986
in Hulfingen an der Saale

Eltern	Kurt Kovalskij; Kfz-Mechaniker
	Klara Kovalskij, geb. Schumann; Kindergärtnerin
Geschwister	Konrad, geb. 1983
	Karla, geb. 1988

Ausbildung

1992 – 1996	Seinsheim-Grundschule, Hulfingen
1996 – 2001	Erasmus-Realschule, Sandhofen
	Abschluss: Mittlere Reife (1,8)
	Lieblingsfächer: Englisch, Deutsch, Hauswirtschaft

Hobbys

Schultheater, Schülerzeitung (Beiträge und Redaktion)
Singen (Hulfinger Kirchenchor)
Querflöte (seit 1992 an der Musikschule Hulfingen)
Bodenturnen (Trainerin der e-Jugend)

Zusatzqualifikationen

Erste-Hilfe-Lehrgänge
Sanitäter-Grundausbildung, Johanniter Sandhofen

Ferien- und Nebenjobs

Babysitting, Kassiererin (Edeka),
Betreuerin im Ferienprogramm der Gemeinde Hulfingen
Praktikum im Marienkindergarten, Hulfingen

Katharina Kovalskij
Hulfingen, 08.03.2002

ANLAGEN

Abschlusszeugnis Mittlere Reife

Zertifikate
Erste-Hilfe-Lehrgänge A I – A III
Sanitäter Grundausbildung

Praktikumszeugnis des Marienkindergartens, Hulfingen

»Katha, Katha, Katha – ich will auch mal, heute bin ich dran, bitte, bitte, bitte«
»Spielst du mit uns?« – »Liest du noch was vor?« – »Kommst du mit ins Schwimmbad?«
Katharina liebt Kinder und Kinder lieben Katharina. Und zwar schon als sie selbst noch eines ist. Die Mutter – Kindergärtnerin – nimmt vormittags ihren eigenen Nachwuchs mit zur Arbeit und nachmittags die Kinder anderer, berufstätiger Eltern mit nach Hause. Bei Kovalskijs ist es niemals einsam, niemals still und garantiert nicht langweilig. Und so bleibt es auch, als Katharina älter wird, zur Schule geht, anfängt zu turnen, zu singen, Querflöte zu spielen. Egal wo, Katharina ist für die Jugend, für den Nachwuchs da – im Verein, in der Kirchengemeinde, zu Hause – und schließlich im Kindergarten, wo sie in den Ferien ein Praktikum macht und auf Kinderfreizeiten, die die Gemeinde organisiert mit allem was dazugehört – Radtouren, Zeltlager, Austausch mit Partnergemeinden. Nebenbei nimmt sie in Schule und Turnverein ein paar Erste-Hilfe-Lehrgänge mit und baut sie kurze Zeit später zur Sanitäter-Grundausbildung aus – nach einem Ferienlager mit ein paar Blessuren mehr als gewöhnlich, und weil man ja nie wissen kann …
Als die zehnte Klasse da ist, vorbeigeht und sich die Schulzeit ihrem Ende nähert, fragt eigentlich kaum jemand nach dem Berufswunsch. Was Katharina werden will, ist sie ja schon fast. Das denken zumindest alle, die sie kennen. Jetzt geht es nur noch darum, per Papier und Formalitäten auch andere davon zu überzeugen.

Und dabei wird Katharina zumindest mit der vorliegenden Form von Lebenslauf nur mäßigen Erfolg haben. Was ist zu bemängeln?

FORM

Zu unruhig wirkt dieser Lebenslauf, zu voll auf dem ersten Drittel der Seite, zu unübersichtlich. Schriftgrößenwechsel und der Strich unterm Bild verwirren bloß, auch wenn Gliederung und Aufteilung ansonsten in Ordnung sind. Auch dass Jahreszahlen nur bei der Ausbildung angegeben werden, ist nicht genug, und es ist auch keine gute Lösung, sie als eine Art Kompromiss in Klammern anzufügen (siehe Querflöte).

INHALT

Inhaltlich hätte sich Katharina vielleicht bemühen können, ihre Begeisterung für Kinder und ihre Erfahrungen mit der Betreuung von Kindern ein bisschen deutlicher herauszustreichen.
Aus was bestehen zum Beispiel besagte Ferienprogramme, wie oft hat sie teilgenommen, welche Anzahl von Kindern hat sie betreut, wie regelmäßig verdient sie sich ihr Geld mit Babysitten? Seit wann trainiert sie den Nachwuchs im Bodenturnen etc.

Kurz und gut, noch mal das Ganze:

CURRICULUM VITAE

Katharina Kovalskij

geboren am 12. 03. 1986
in Hulfingen an der Saale

Staatsangehörigkeit: deutsch

Ausbildung

1992 – 1996	Seinsheim-Grundschule, Hulfingen
1996 – 2001	Erasmus-Realschule, Sandhofen Abschluss: Mittlere Reife (1,8) Lieblingsfächer: Englisch, Deutsch, Hauswirtschaft

Hobbys

	Schultheater, Schülerzeitung (Beiträge und Redaktion)
seit 1995	Singen, Hulfinger Kirchenchor
seit 1992	Querflöte, Musikschule Hulfingen
seit 1993	Bodenturnen, TV Hulfingen

Zusatzqualifikationen

1997 / 98	Erste-Hilfe-Lehrgänge
1999	Sanitäter-Grundausbildung, Johanniter Sandhofen

Ferien- und Nebenjobs

	Babysitting (2- bis 6-jährige Kinder) Kassiererin (Edeka),
1999 / 2000 / 01	Betreuerin im Ferienprogramm der Gemeinde Hulfingen (Zeltlager, Fußballturniere, Ausflüge und Wanderungen, Bastelnachmittage, Kindertheater etc.)
07-09 / 2001	Praktikum im Marienkindergarten, Hulfingen

Katharina Kovalskij

Hulfingen, 08.04.2002

Belinda Beute + Bachstrasse 5 + 04761 Breitlingen + Tel: 0475 / 29376 + email: beuteb@web.de

B E W E R B U N G

für die
Ausbildung zur
Einzelhandelskauffrau

LEBENSLAUF

von

Belinda Beute

geboren am 04.06.1984
in Breitlingen

Eltern: Bodo Beute; Manager, Siemens GmbH
Bertha Beute, geborene Buchs, Hausfrau

AUSBILDUNG

Wörther-Grundschule, Breitlingen	1990 – 1994
Balthasar-Neumann-Realschule, Breitlingen	1994 – 2000
Lieblingsfächer: Englisch, Wirtschaft, Erdkunde	
Abschluss: Mittlere Reife (1,6)	

AUSLANDSAUFENTHALTE

Sprachkurs in Oxford, England	08 / 99
Au-pair-Jahr in Melbourne, Australien	2000 – 2001
(Betreuung von drei Kindern	
im Alter von drei bis neun Jahren)	

ZUSATZQUALIFIKATIONEN

»Internet-Führerschein« der vhs
VHS-Kurse: Excel, Powerpoint
Volleyball–Schiedsrichter-Ausbildung (Ausweisstufe C)

HOBBYS UND EHRENAMT

Volleyball (aktiv als Spielerin und Trainerin der E- und D-Jugend)
Stellvertretende Abteilungsleiterin, Volleyballabteilung, TSV Breitlingen
Klettern und Mountainbiking
Snowboarden und Surfen
Mitarbeit in der Amnesty International-Ortsgruppe, Breitlingen

PRAKTIKA UND NEBENJOBS

Praktikum in der Marketingabteilung der SIEMENS GmbH, Breitlingen
Ferienjobs als Büroaushilfe bei der SIEMENS GmbH, Breitlingen
Deutschunterricht an der School for language learning, Melbourne
Verkauf im Wassersport-Geschäft Surf & Dive, Melbourne

Breitlingen, 08.04.2002

ANLAGEN

Abschlusszeugnis Mittlere Reife

Praktikumszeugnis der Marketingabteilung der SIEMENS GmbH, Breitlingen

Zertifikate der vhs, Breitlingen: »Internet-Führerschein« ; Excel / Powerpoint – Kurse

Zertifikat über 4 Wochen Sprachkurs, Oxford

Arbeitszeugnis von Mr. & Mrs. Trevor; Melbourne, Australien

So richtig sicher ist sie sich nicht. Belinda Beute – und Wirtschaft?
Nachdem sie sich jahrelang hartnäckig geweigert hat, sich in die Siemens-Nachfolge einplanen zu lassen? Nachdem sie ein Kompromiss-Praktikum in der Marketing-Abteilung mit dem Versprechen beendet hat: Dieses Haus sieht mich nie wieder? Nachdem sich die Eltern seit Jahren fragen, was aus dem Kind wird, das den ganzen Tag nur draußen und in der Turnhalle unterwegs ist. Nein – so richtig sicher ist sie sich wirklich nicht. Noch weniger sicher allerdings war sie sich vor einem Jahr, als die gleiche Entscheidung schon einmal anstand, und sie sich einen kleinen Aufschub ermogelt hatte: Ein bisschen mehr von der Welt sehen, Auslandserfahrung – ist auch bei Unternehmen immer mehr gefragt, Sprachkenntnisse verbessern – so hatte sie ihren Eltern die Erlaubnis abgebettelt, die Erlaubnis für ein Jahr Australien, ein Jahr Melbourne, ein Jahr Au-pair; vor allem aber: ein Jahr Meer.
Und genau da liegt auch der Grund dafür, dass sie jetzt hier steht und im Begriff ist, zum Erstaunen aller – und besonders ihrem eigenen – die Wunschträume ihrer Eltern zu erfüllen und sich um einen Ausbildungsplatz in der Wirtschaft zu bewerben: Am Meer liegt dieser Grund, und auf den ersten Blick ist nichts Besonderes dran, an dem kleinen Geschäft mit dem mickrigen Schild über der Eingangstür: »Surf & Dive – all you need«. Aber innen – da ist es der Treffpunkt aller Surfer und Taucher der Südküste Australiens, da gibt es Surfbretter, Taucherflaschen, Atemgeräte und jede Menge Fachsimpeleien. Und da gibt es Pete, der ihr irgendwann gesagt hat, dass er ans Vergrößern denkt, ans Anbauen, so in ein, zwei Jahren ... Und dass er nach Partnern sucht, Sportbegeisterten, mit ein bisschen Ahnung vom Geschäftlichen, von Zahlen und Betriebswirtschaft. Vielleicht ist sie sich ja doch sicher.

FORM

Von der Form her ansprechend gestaltet, hat dieser Lebenslauf dennoch einige Fehler, die Belinda nicht übersehen dürfte. Erstens: Auf dem Deckblatt fehlt der Adressat, keiner weiß, bei wem sie sich denn

nun bewirbt und damit entsteht leicht der Eindruck von Beliebigkeit und Massenware. Zweitens: Das Foto auf dem Lebenslauf wirkt nicht, es ist aus Platzmangel in die Ecke verbannt, stört auch noch die Symmetrie des Dokuments und ist eigentlich zu klein. Zu lösen wären beide Probleme mit einem neuen Deckblatt, diesmal mit Firmenname und gleich mit Belindas Bild auf den ersten Blick (siehe Seite 74).

Der nächste Fehler, den man nicht einfach vergeben kann, ist das Fehlen der Jahresangaben unter den Rubriken *Hobby und Ehrenamt* sowie *Praktika und Nebenjobs.*

Wie lange schon spielt sie Volleyball, wie viele Jahre trainiert sie Jugendmannschaften, seit wann ist sie stellvertretende Abteilungsleiterin?

All das interessiert, ebenso wie die Frage nach dem Jahr und dem Zeitraum ihres Praktikums bei SIEMENS und den Ferienjobs.

INHALT

Hier gibt es wenig auszusetzen. Die Belinda aus dem Lebenslauf ist definitiv begeisterter bei der Sache »Wirtschaft«, als die echte. Nicht schlecht wirkt dabei, dass sie die Computerkurse und Qualifikationen vor den Sport und die Hobbys gestellt hat – vielleicht nicht gerade ehrliche Widerspiegelung ihrer tatsächlichen Präferenzen, aber strategisch gut gedacht.

Belinda Beute

Bachstraße 5

04761 Breitlingen

Telefon 0475/29376

E-Mail: beute@web.de

Bewerbungsunterlagen

für eine Ausbildung

zur Einzelhandelskauffrau

Astrid Staehle
Znünz-Allee 56
14144 Berlin

Fon 030/2458098
Mobil 0174/12345678

Bewerbung als Aushilfskraft bei der Buchhandlung Libris, Berlin

Lebenslauf

Persönliche Daten

Name	Astrid Staehle
Geburtsdatum	05. Juli 1984
Geburtsort	Berlin

Schulbildung

1990 – 1996	Schiller-Grundschule, Berlin-Spandau
1996 – 2000	Hohenstaufen-Gymnasium, Berlin-Charlottenburg
2000 – 2001	Sheffield Sixth Form College, Sheffield/England
seit 2001	Hohenstaufen-Gymnasium, Berlin-Charlottenburg

Fremdsprachen

Englisch (fließend in Wort und Schrift)
Italienisch (Grundkenntnisse)
Französisch (Grundkenntnisse)

Nebentätigkeiten

1998	IKEA Berlin-Spandau, Praktikum
1999, 2000	Grüne Woche, Verkauf und Dekoration
2000	Mulholland-Drogeriekette in Sheffield, Verkauf Strummer-Warenhaus in Sheffield, Verkauf
2001	Mithilfe bei Inventur, Firma Bücherwurm, Berlin

Besondere Kenntnisse

Textverarbeitung am PC (Windows, Mac)
Erste-Hilfe-Kurs

Hobbys

Tanz
Kino
britische Literatur
Sport (Handball)

Astrid Staehle

Berlin, im März 2002

Ganz klar: der Job muss sein

Angefangen hat alles mit Sheffield und dem Literaturkurs. Als Astrid nach einem Jahr England zurück an ihr Berliner Gymnasium kommt, ist sie hoffnungslos abhängig. Ihre Droge: Der britische Humor und seine Vertreter, allen voran Oscar Wilde und Steven Fry.
Auf deren Spuren beginnt sie, sich durch die Jahrhunderte zu lesen und dann über den Kanal, auf den Kontinent, nach Übersee. Und plötzlich muss ein neues Regal ins Zimmer, über Weihnachtsgeschenke zerbricht sich keiner mehr lange den Kopf und die Familie ruft, wenn mal wieder keiner weiß, wo Astrid steckt, nicht mehr die Freunde an, sondern klappert die Buchläden der Umgebung ab. Und als irgendwann klar wird, dass sie sich trotz deutlich niedrigerer Telefonkosten kein ganz billiges Hobby ausgesucht hat und ein Nebenjob hermuss, kommt gar nichts anderes in Frage als der Versuch, Vergnügen und Arbeit zu verbinden.

Und dabei ist die vorangegangene Inventur im Buchladen schon mal eine viel versprechende Grundlage für eine Bewerbung. Aber wie sieht es mit dem Rest aus?

FORM

Schlicht und knapp gehalten passt die äußere Form gut zu einer Bewerbung für einen Nebenjob. Die Gliederung nach Überschriften ist in Ordnung, innerhalb der einzelnen Posten wäre vielleicht eine Auflistung in umgekehrter Reihenfolge sinnvoller, nicht aber zwingend. Allerdings würden wir den Abschnitt »Nebentätigkeiten« vielleicht lieber »Praxiserfahrungen« o.Ä. übertiteln, aber auch das ist letztlich Geschmackssache.

INHALT

Zugegebenermaßen hat Astrid als Noch-Schülerin, die sich lediglich für einen Aushilfsjob bewirbt, nicht allzu viele Gestaltungsmöglichkeiten. Dennoch ließe sich auch aus ihrer Geschichte etwas mehr machen, als auf ihrem Lebenslauf zu erkennen ist. Zum einen könnte sie durch Angabe ihrer Leistungskurse Deutsch und Englisch ihr Interesse an Sprachen und damit wohl auch an Literatur deutlicher herausstreichen. Zum anderen sollte sie bei ihren Hobbys die Reihenfolge ändern und auch hier mehr Gewicht auf die Literatur und das Kino legen, z.B. so:

Hobbys
britische Literatur (v.a. O.Wilde, S.Fry)
Kino (v. a. britische Independent-Movies im Orginalton)
Tanz (lateinamerikanisch)
Sport (Handball)

Und dann sollte man auch eine Bewerbung für einen Nebenjob nicht gar zu leicht nehmen und keinesfalls die Anlagen vergessen:

ANLAGEN

Letztes Zwischenzeugnis

Jahreszeugnis des Sixth Form College, Sheffield / England

Zeugnisse

- Praktikum IKEA Berlin-Spandau
- Strummer Warenhaus, Sheffield

Sofia Svoboda
Sandstraße 7
80798 München

Bewerbungsunterlagen
für die
VIAR Interdot AG

> Ausbildungsplatz
Informatikkauffrau

LEBENSLAUF

Sofia Svoboda

Sandstraße 7
80798 München
Tel: 089 / 348760
E-Mail: sosvo@web.de

geboren am 20.05.1984
in Minsk, Weißrussland
deutsche Staatsangehörigkeit

Eltern:	Wolodja Svoboda, Zahnarzt
	Svetlana Svoboda, Journalistin
Geschwister:	Sandra Svoboda, geb. 1988

Ausbildung

1990 – 1994	Grundschule in Minsk, Weißrussland
1994 – 1995	Petuli-Volksschule, Grieblsfeld
1995 – 2000	Pietro Aretino-Realschule, München
seit 2000	Fachoberschule für Informatik, München, Schwabing
	angestrebter Abschluss 06 / 2003: Fachabitur Informatik
	Leistungsfächer: Informatik; Mathematik
	Wahlfächer: praktische Chemie-Übung; Business-English

Schulisches Engagement

1997 – 2000	Klassensprecherin
1998 – 2000	Schülersprecherin
1997 – 2000	Mitglied des Schulorchesters (Klavier)

Hobbys

Internet
Klavier (Konzertauftritte seit 1997)
Stepptanz und modernes Ballett

Ferienjobs und Praxiserfahrung

Nachhilfe (Mathematik)
Regelmäßige Mit- und Aushilfe in der Praxis des Vaters
Betriebspraktikum bei VIAR Interdot AG

München, 02.02.2002 Sofia Svoboda

Anlagen

Letztes Zwischenzeugnis, Fachoberschule für Informatik, München, Schwabing

Abschlusszeugnis, Mittlere Reife; Pietro-Aretino-Realschule, München

Praktikumszeugnis, VIAR Interdot AG

Wenn Sofia nach den Sommerferien vom alljährlichen Besuch bei ihren Großeltern, den Tanten und Onkeln, den alten Freunden, zurückkommt, ist es wie das Auftauchen aus einer anderen Welt. Minsk, Weißrussland, das kleine Dorf, in dem die Großeltern leben, davon bleiben Bilder, Erinnerungen, Stimmungen und Töne.
Und ein paar Worte, eine Erwartung: Mach was draus. Nutze deine Chancen.
Zehn Jahre ist Sofia alt, als sie mit ihren Eltern nach Deutschland kommt, ohne Sprachkenntnisse, ohne Freunde. Die Eltern wollen sich und ihren Kindern ein neues Leben aufbauen, eines, das es in Weißrussland so nicht gegeben hätte, und dafür arbeiten sie, und Sofia und ihre Schwester sehen das. Und arbeiten mit. Die Übergangsklasse in der Volksschule, die fremde Sprache, der Wechsel auf die Realschule, die Mittlere Reife mit Top-Noten und der nächste Schritt in die Informatik – hinter allem rumort es: Mach was draus. Sei gut. Sei besser. Und zeige auch, was du kannst.

Ob in der Schule als Klassen- und später Schülersprecherin, ob hinterm Klavier und bald auch Flügel, ob auf der Tanzfläche – Sofia kennt ihr Motto. Und mit ihrer mathematischen Begabung, den Wochenenden an der Rezeption hinterm Praxiscomputer ist, als die Berufsfrage auf den Tisch kommt, eine Antwort schnell gefunden. Mach was draus. Es soll sich lohnen. Und für die Zukunft soll es sein. Ein Blick in die Presse, ein Gang zur Berufsberatung, und schon ist klar: IT ruft.

FORM

Optisch zwar gelungen, ist hier zuallererst die Reihenfolge zu kritisieren: Die Praxiserfahrung hinter die Hobbys zu stellen, ist in Sofias Fall wenig sinnvoll, das Praktikum bei Viar Interdot ist sicher aussagekräftiger und interessanter für Personalchefs als das Interesse fürs Internet.

INHALT

Was den Gehalt angeht, spart der Lebenslauf an einigen Stellen zu sehr an Informationen. »Internet« als Hobby ist für jemanden, der sich mit Computern beschäftigt und weiterhin professionell beschäftigen will, nicht selten. Um sich also abzuheben von der Masse, sollte man spezifizieren: Wofür nutzt sie das Internet, hat sie vielleicht eine eigene Homepage, informiert sie sich über neueste Entwicklungen rund ums Internet, kennt sie sich vielleicht mit Problemen des Datenschutzes o.Ä. aus? Und auch die »Aushilfe« in der Praxis des Vaters könnte man – durchaus der Wahrheit entsprechend – näher erklären, schließlich geht es auch hier um Fragen der Organisation per Computer, der effizienteren Verwaltung, Fragen von Software und Mitarbeiterschulung.

Also:

Ferienjobs und Praxiserfahrung

Betriebspraktikum bei VIAR Interdot AG
Regelmäßige Mit- und Aushilfe in der Praxis des Vaters
(Umstellung auf Verwaltung per Computer;
Installation entsprechender Software, Anwenderschulung)
Nachhilfe (Mathematik)

Hobbys

Internet (Kreation privater und geschäftlicher Homepages;
Information über neueste technische Entwicklungen und
Fragen des Datenschutzes, up-dates)
Klavier (Konzertauftritte seit 1997)
Stepptanz und modernes Ballett

B
E
W
E
R
B
U
N
G

BEI

dtv
deutscher taschenbuch verlag

Abteilung Presse- und Öffentlichkeitsarbeit

Natalja Ivanovna + Babelplatz 24 + 24973 Biblitz + Mobil: 0174 349869 + email: niva@t-online.de

Natalja Ivanovna + Babelplatz 24 + 24973 Biblitz + Mobil: 0174 349869 + email: niva@t-online.de

CURRICULUM VITAE

ZUR PERSON

Natalja Ivanovna
geboren am 09.01.1980
in Sankt Petersburg, Russland
ortsungebunden

AUSBILDUNG

10/01	Weiterbildungsprüfung zur **Fremdsprachensekretärin** an der IHK Leipzig
09/00 – 09/01	Berufsbegleitender Vorbereitungskurs für die Prüfung zur Fremdsprachensekretärin
07/00	Abschluss als **Staatlich Geprüfte Kaufmännische Assistentin für Fremdsprachen** sowie **Prüfung zur** Fremdsprachenkorrespondentin vor der IHK Leipzig
09/98 – 06/00	Ausbildung zur Staatlich Geprüften Kaufmännischen Assistentin für Fremdsprachen am Berufskolleg Sophie Scholl, Leipzig; Sprachen: Englisch, Französisch
09/89 – 06/97	Riemenschneider-Gymnasium Leipzig Abschluss: Abitur

Natalja Ivanovna +Babelplatz 24 + 24973 Biblitz + Mobil: 0174 349869 + email: niva@t-online.de

PRAXIS

09 / 00 – 09 / 01	kaufmännische Assistentin für Fremdsprachen bei Bayer, Leipzig
08 / 99 – 10 / 99	Praktikum bei der Bayer AG
08 / 97 – 08 / 98	Auslandsaufenthalt als Au Pair in Toledo, Spanien

SPRACHEN

Russisch: Muttersprache
Englisch, Französisch, Spanisch: fließend in Wort und Schrift

EDV

MS-Office-Anwendungen: Word, Excel, Powerpoint
Internet, Kenntnisse in Homepageprogrammierung (Dreamweaver, Flash, Photoshop, OpenShop, Java, JavaScript, VB-Script, ASP)
Computerbedienung im Kyrillischen Alphabet

HOBBYS

Jazz dance,
klassisches Ballett,
Gesang,
Geige

Natalja Ivanovna

Biblitz, 11.11. 01

ANLAGEN

Beurteilung Bayer, Leipzig

Zertifikat über die Prüfung zur **Fremdsprachensekretärin** an der IHK Leipzig

Zertifikat über die Prüfung zur **Fremdsprachenkorrespondentin** an der IHK Leipzig

Zeugnis zur **Staatlich Geprüften Kaufmännischen Assistentin für Fremdsprachen**, Berufskolleg Sophie Scholl, Leipzig

Abiturzeugnis

Was von der Kindheit übrig ist – Paläste, Schlösser, Parks und breite Straßen – Löcher in den Straßen, überfüllte Busse, endlose Rolltreppen und Menschenschlangen. Glitzernde Wasserflächen, weiße Landschaften, endlose Nächte und ewige Tage. Und die Großeltern – die Wohnung mit den winzigen beiden Zimmern voller alter dunkler Möbel, Teppichen an den Wänden und Rissen in der Decke. Und die Märchenbücher ...
Viel weiß Natalja Ivanovna nicht mehr von den ersten fünf Jahren ihres Lebens, von Sankt Petersburg, der Stadt an der Newa, von Russland, von den halblauten Diskussionen über Politik und Ausreise, vom Kommunismus schon gar nicht.
Für sie heißt Russland vor allem Ferien, heißt seltene und kostbare Zeit mit den Großeltern und alten Freundinnen, heißt schwitzen in der Banja, heißt Oper, Ballett, Konzert und Literatur. Und von Anfang an heißt es auch Verpflichtung, wird mehr und mehr zur Erinnerung daran, welche Chancen sie hier nie gehabt hätte, wird zum sprichwörtlichen Knoten im Taschentuch, der sagt: Zusammenreißen, Erfolg haben, guten Job finden, besser bezahlt werden. Zweisprachig aufgewachsen und mit Talent für Sprachen stolpert sie kurz vor dem Abitur über ein Jobmagazin zum Thema Ausbildungsberufe, findet unter der Sparte Fremdsprachensekretärin beste Zukunftsprognosen und hat damit die Ausbildungsfrage entschieden. Zuerst wird das Sprachenrepertoire noch um eine erweitert, und dann heißt es: in drei Jahren zur Zusatzqualifikation Fremdsprachensekretärin. Praxis- und erste Berufserfahrung sammelt sie dabei im Pharmakonzern, in dem auch der Vater als ehemaliger Chirurg und jetziger Außenhandelsvertreter hoffnungslos unterfordert, aber immerhin fest angestellt ist. Bei Natalja entwickelt sich nun alles glatt und reibungslos in Richtung Wirtschaft. Bis auf die Märchenbücher und die Puschkin-Rezitationen von Oma im Hinterkopf. Und bis auf dieses Stellenangebot in der Literaturzeitschrift ...
Ob die Bewerbung auf dieses Stellenangebot den gewünschten Effekt bringt, genau darauf kommt es Natalja jetzt an.
Hier eine kleine Beurteilung und Prognose:

FORM

Nach dem Motto »kurz und bündig« ist hier ein ansprechender äußerer Rahmen gestaltet, der klar gegliedert unter minimalistischen Überschriften einen guten Überblick über die wichtigsten Bestandteile Natalja Ivanovnas bisheriger Ausbildung gibt. Die Optik ist ansprechend und harmonisch. Gut platziert ist vor allem das Foto, das noch dazu dem kurzen Lebenslauf zu etwas mehr Volumen verhilft. Auch das Deckblatt – in ebenso verknappter Form – ist schön geworden, vor allem durch die Übernahme des Verlags-Logos. An der Anordnung der einzelnen Überschriften ist ebenfalls nichts auszusetzen: Natalja beginnt konsequent mit dem für sie im Moment Wichtigsten – dem gerade erworbenen Zertifikat zur Fremdsprachensekretärin – und macht dabei durch Hervorhebung der Titel auf den ersten Blick ihren genauen Ausbildungsgang deutlich.

INHALT

Damit genug zum äußeren Rahmen und damit auch genug der lobenden Worte. Denn was die inhaltliche Gestaltung angeht, bezweifeln wir, dass Natalja auch nur den Hauch einer Chance auf ihren Wunsch-Job hat. Was sie geschrieben hat, ist ein typisches Beispiel für einen 08-15-Lebenslauf ohne Charakter und ohne Persönlichkeit, vor allem aber ohne den geringsten Bezug zum potenziellen Arbeitgeber. Den nämlich zeichnet zweierlei aus: Erstens ist es ein Unternehmen aus dem Kulturbereich, genauer gesagt, ein Verlag, und hat folglich mit Literatur und Büchern zu tun. Zweitens bewirbt sich Natalja in der Abteilung für Presse- und Öffentlichkeitsarbeit, wäre also mit Präsentation, Werbung, Lesungen, Bekanntmachungen etc. betraut. Über beides – die Literatur genauso wie die PR-Arbeiten – verliert sie in ihrem Lebenslauf nicht ein Wort. Weder beschreibt sie die Aufgaben, aus denen ihr Praktikum und ihre einjährige Berufstätigkeit beim Bayer-Konzern bestand und die man – wenn schon nicht mit kulturellem Interesse – doch bestimmt mit den Herausforderungen einer PR-Abteilung in Verbindung bringen könnte, noch erwähnt sie ihre Liebe zur Literatur, eventuelle Lieblingsschriftsteller, Bücher oder Ähnliches. Kurz und gut, uns bleibt nur die dringende Aufforderung zu einer überarbeiteten Version:

PRAXIS

09 / 00 – 09 / 01	kaufmännische Assistentin für Fremdsprachen bei Bayer, Leipzig Presse und Öffentlichkeitsarbeit PR-Konzeption
08 / 99 – 10 / 99	Praktikum bei der Bayer AG u.a. Gestaltung von Pressemappen und Internetseiten
08 / 97 – 08 / 98	Auslandsaufenthalt als Au Pair in Toledo, Spanien Betreuung der beiden 14 und 7 Jahre alten Kinder, Nachhilfeunterricht in Deutsch und Englisch
06 / 98 – 08 / 98	Aushilfe in der Bibliothek des Germanistikinstituts an der Universidad de Toledo

HOBBYS

Jazz dance, klassisches Ballett,
Gesang, Geige
Russische Literatur, insbesondere: Tschechow, Solschenizyn, Nabokov
Theater, Lesungen (u.a. einmal monatlich Organisation von Märchenabenden im Café Pushkin)

Eine Kleinigkeit bleibt noch anzumerken: Natalja könnte sich noch überlegen, ob sie bei ihrem ausländisch klingenden Namen mit angibt, dass sie deutsche Staatsbürgerin ist. Ist nicht nötig, kann aber helfen, also:

geboren am 09. 01. 1980
in Sankt Petersburg, Russland
Staatsbürgerschaft: deutsch
ortsungebunden

Und dann, um ganz auf Nummer sicher zu gehen und die Personalabteilung von ihren Fähigkeiten im PR-Bereich zu überzeugen, vielleicht noch ein Profil (siehe nächste Seite).

Natalja Ivanovna + Babelplatz 24 + 24973 Biblitz + Mobil: 0174 349869 + email: niva@t-online.de

Persönliches Profil

PR-Konzeption

- Konzepte begleitender Pressearbeit für Kongresse und Fortbildungen
- Konzepte für verschiedene Printmedien (international)

Pressearbeit

- Erstellen von Pressemeldungen und Infomaterial
- Text, Redaktion und Fotoauswahl bei der Erstellung von Programmheften, Kongresszeitungen, Programmflyern (mehrsprachig)
- Aufbau und Pflege von Kontakten zur Fachpresse und die Platzierung von Artikeln (international)

Öffentlichkeitsarbeit

- Organisation und Überwachung von Promotion-Aktionen (Postkarten, Flyer) und Media-Anbringung (Plakate, Fahnen)
- Gewinnung und Betreuung von Sponsoringpartnern (international)
- Verhandlung von Medienkooperationen (international)

Organisation

- Organisation und Durchführung von Pressekonferenzen
- Organisation von Veranstaltungen wie Kongressen, Empfängen, Fortbildungen, Mitarbeiterreisen
- Erstellung und Auswertung von Adresskarteien
- Abstimmung und Kontrolle verschiedener Einladungsprocederes

Sonstige Kenntnisse

- Sprachkenntnisse: Russisch, Englisch, Französisch, Spanisch
- EDV: MS-Office-Anwendungen, Internet, Kenntnisse in Homepageprogrammierung, Computerbedienung in Kyrriliza

Besondere Stärken

- hohes Maß an Eigeninitiative und Leistungsbereitschaft
- Sicherheit in Stil und Ausdruck
- Teamgeist und Verantwortungsgefühl
- Interesse an internationalen Kontakten

Silke Segen *Am Grasholz 64* *12836 Springe* *Tel: 03472/28746*

S
I
L
K
E

S
E
G
E
N

BEWERBUNG

um die

Ausbildung zur Hotelkauffrau im Hotel Excelsior

Silke Segen *Am Grasholz 64* *12836 Springe* *Tel: 03472/28746*

Lebenslauf

Persönliche Daten

Silke Segen
geboren am 10. 07. 1980 in Springe
ledig

Schulische Laufbahn

Grund- und Realschule in Springe	1986 – 1996
Schiller Gymnasium Hannover	1996 – 1999
Abitur	Mai 1999
Lieblingsfächer: Englisch, Französisch	

Praktika

Praktikum im Hotel »Amrum«, Hamburg	03/1996
Praktikum im Hotel »Chancellor«, San Francisco	11/1999

Auslandsaufenthalte

Au-pair-Stelle in San Francisco, USA	1999 – 2000
viele Sommerferien im Ausland, z.B. England, Norwegen, Italien, Frankreich, Spanien	

Jobs

in den Ferien habe ich häufig in Hotels und Pensionen gearbeitet, u.a.:

- Pension »Guck-ins-Land«, Vormwald, Spessart
- Hotel und Restaurant Schützenhof, Würzburg, Unterfranken
- Pension Steubelsruh, Wolfratshausen, Bayern

Hobbies

Sport (Reiten, Karate, Jazz Dance),
Reisen (besonders England und Norwegen)

Berlin, den 31.01.2000 Silke Segen

Anlagen

Abiturzeugnis

Praktikumsbescheinigungen:
- Hotel Amrum, Hamburg
- Hotel Chancellor, San Francisco

Persönliches Gutachten der Pension »Guck-ins-Land«, Vormwald

Man soll dem Schicksal nicht im Weg stehen:
Silke war von Anfang an anders. Kein Speichelfluss benetzte je das Spucktuch auf Mutters Schulter, und geweint wurde nur, wenn die Wickeldecke nicht faltenfrei lag. Als Dreijährige schon aß sie nur, wenn auch die Nachbarn zu Tisch geladen und die Puppenstube bereits versorgt war. Während sich andere Kinder an Geburtstagsfeiern im Dreck tummelten, kehrte Silke die Überreste der Kuchenschlacht vom Tisch und platzierte die Blumenvasen sorgsam auf den Flecken. Ab ihrem sechsten Lebensjahr bestand sie auf der gestärkten Schürze im täglichen Gebrauch, und mit sieben begann sie Feinwaschmittelmarken zu sammeln. Wenn Freundinnen zu Besuch kamen, kaufte Silke zuvor Einwegzahnbürsten und ritzte das Familienwappen in die Seife. Als immer mehr ihrer Freundinnen und Verwandten sie verständnislos ansahen, wenn sie nach Besuchen oder Familientreffen Fragebögen zur Service-Beurteilung auszuteilen begann, dämmerte ihr langsam, dass sie anders war als alle anderen. In eine regelrechte Sinnkrise stürzte Silke, als zum 40. Geburtstag ihrer Mutter das familieneigene Festgeschirr nicht ausreichte, um ein homogenes Tischbild zu schaffen, und keiner sich daran zu stören schien. So tief verunsichert war Silke, dass sie beinahe zwei volle Jahre lang jeden Flecken auf der Tischdecke stumm leidend ertrug und die Bettwäsche nur noch jeden dritten Tag wechselte. Bis – ja, bis zu jenem legendären Urlaub, der der Familie als die Erfüllung eines Schicksals immer in Erinnerung bleiben sollte: »Das Wirtshaus im Spessart«, oder um genau zu sein die Pension »Guck-ins-Land« in Vormwald im Spessart. Zum ersten Mal hatte man den dann – eigenen Wohnwagen zu Hause lassen müssen und sich eingemietet – in Gästezimmern.
Und da passierte es – die Tür ging auf, Silkes Blick fiel auf sauber gefaltete Laken, strahlend weiße Handtücher und plastikverpackte Seifen und ein seliges Strahlen breitete sich über ihr Gesicht. Die Familie aber fuhr eine Woche später alleine gen Süden. Und Silke hatte ihren ersten Ferienjob gefunden ...

Na, ist das nun rührend, bewegend und dramatisch? Die Erfüllung eines Schicksals ...

Silke fand dann auch recht schnell heraus, dass es Wirts- und Gasthäuser nicht nur im Spessart gibt, und dass mit ein bisschen Hartnäckigkeit sogar Kapital aus ihrer Gabe zu schlagen ist. Nur – Schicksal schön und gut –, wie erklärt man es dem nächsten Arbeit- oder Ausbildungsgeber?
Was Silke dazu im Vorstellungsgespräch sagen, welchen Eindruck ihre gestärkte Schürze und die Feinwaschmittel-Sauberkeit hinterlassen werden, dazu hier kein Wort. Kommentieren werden wir schließlich nur – wie immer – zweierlei:

FORM

Klar gegliedert und optisch gelungen, gibt dieser Lebenslauf einen guten Überblick über die wichtigsten Stationen im Leben von Silke Segen. Dabei ist es völlig in Ordnung, dass es diesmal bei nur einer Seite bleibt, schließlich ist Silke ein absoluter Frischling auf dem Arbeitsmarkt. So ist es auch eine schlüssige Idee, die Jahreszahlen nach hinten zu stellen – ihnen fehlt in einem so kurzen Zeitraum, in dem es bezüglich der zeitlichen Abfolge kaum Variationsmöglichkeiten gibt, einfach die Aussagekraft. Auch fallen so die Abschnitte, die völlig ohne Zeitangabe auskommen, nicht als unangenehme Lücken ins Auge. Bleibt zur Form höchstens noch anzumerken, dass es zumindest nicht mehr viel enger hätte werden dürfen.

INHALT

Auch hier ein Lob für Silke. Ihre Gliederung macht schön deutlich, dass sie neben der obligatorischen Schulzeit auch schon Praxiserfahrungen zu bieten hat, und die Sparte mit den Jobs ist in ihrer Kombination aus vager Formulierung und anschaulichen Beispielen genau die richtige Mischung, um den bestmöglichen Eindruck zu hinterlassen. (Einerseits kann »häufig« alles Mögliche bedeuten, andererseits geben die konkreten Namen dem Ganzen die nötige Seriosität und beugen Zweifel vor.)
Auch das »Persönliche Gutachten« der Pension Guck-ins-Land sammelt definitiv Pluspunkte, handelt es sich doch hierbei nicht einfach um eine förmliche Bestätigung, sondern um eine persönliche Stel-

lungnahme zu den Qualifikationen von Silke. Dazu lässt sich nur sagen, dass ein solches Zeugnis, auch wenn es nur um den Zeitraum von einigen Wochen geht, nicht mit Gold aufzuwiegen ist. Solltest du also aus irgendeinem Praktikum, Neben- oder Ferienjob die Chance auf ein paar ernst gemeinte, nette und persönliche Zeilen zu dir und der Qualität deiner Arbeit haben, dann greife unbedingt zu und nichts wie hinein damit in die Anlagen. Auch wenn es kein formales Dokument ist, was zählt ist nicht der Amtsweg, sondern der Blick auf dich als Person, der damit freigegeben wird. Diese persönliche Note findet sich in Silkes Unterlagen auch in solchen Formulierungen wie »Lieblingsfächer« oder dem Kommentar zu den Sommerferien-Reisen. Insgesamt klingt ihr Lebenslauf einfach nach dem, was sie ist: Gerade erst dem Schulalltag entsprungen.

Nach diesem bisher durchweg positiven Feedback haben wir jetzt aber doch noch einiges zu meckern:

Zum ersten ist es ein Manko, dass die Auskunft über Silkes Sprachkenntnisse fehlt. Auch wenn man sich aus den Lieblingsfächern und dem Au-pair zusammenreimen kann, dass Silke fließend englisch und zumindest leidlich französisch spricht, nichtsdestotrotz muss das noch einmal ausdrücklich gesagt sein. Zum zweiten wäre es vielleicht möglich, das Auslandsjahr in den USA etwas besser hervorzuheben, vielleicht durch ein oder zwei Sätze zu dem, was die Aufgaben der Au-pair-Zeit ausgemacht hat. Etwa so:

Au-pair-Stelle in San Francisco, USA	**1999 – 2000**
Tätigkeit als Haushaltshilfe bei jungem Anwaltsehepaar sowie Betreuung der beiden Kinder (4 und 7 Jahre) an den Nachmittagen	

Und dann hätten sich ein paar lobende Zeilen einer american mummy in den Anlagen bestimmt auch nicht schlecht gemacht.

Aber sonst: prima gelungen!

Rosa Plüsch

171, Bristol Road South
Northfield
Birmingham B31 2UU

Tel: 0032 – 476 – 5214430
e-mail: pluschi@yahoo.co.uk

PERSÖNLICHE DATEN

geboren am 16. 01. 79
in Bremen
ledig, ortsungebunden

SCHULE

07/88 – 06/98	Schönborngymnasium (Abitur 1,3)	Bremen
09/95– 06/96 London	Austausch nach England (Proficiency Certificate of Cambridge)	

STUDIUM UND AUSBILDUNG

07/98 – 06/99	Volontariat bei der Zürcher Zeitung in den Ressorts Kultur, Politik und Vermischtes	Zürich
07/01 – 09/01	8-wöchiger Sprachkurs in Guatemala	Antigua
10/99 – 06/01	»Estudias latinoaméricas«	Barcelona
Seit 08/01	Volontariat beim ORF, Feature-Redaktion	Wien

FREIE MITARBEIT UND HOSPITANZEN

08/97	Hospitanz in der Redaktion »Aktuelles« der Zeitschrift *Für Sie* (Jahreszeiten-Verlag)	München
11/99 – 06/01	Mitarbeit in der Redaktion der Zeitschrift El Colibri (Schwerpunkt Politik und Kultur, Mittelamerika)	Barcelona
07/01	Hospitanz im ARD-Studio, Madrid	Madrid

FREMDSPRACHENKENNTNISSE UND EDV

- Englisch, Spanisch fließend
- Französisch und Latein: Grundkenntnisse

Sicher im Umgang mit Windows-98-Anwendungen, Word, Excel, Powerpoint

HOBBYS UND EHRENAMT

1997 – 02	aktiv in zahlreichen Jugend- und Laienorchestern Instrument: Cello
1999 – 2000	aktives Mitglied in Cafés der Initiative »Eine Welt e.V.« in Bremen, Zürich, Wien
seit 1997	diverse Reisen in den mittel- und südamerikanischen Raum
Sonstiges:	Konzert- und Theaterbesuche Segelflug Literatur des lateinamerikanischen Raumes (besonders: Marquez, Neruda, Belli)

Birmingham, 15. Mai 2003

Rosa Plüsch

ANLAGEN

BEURTEILUNGEN UND HOSPITATIONSBELEGE

Zeitschrift El Colibri, Barcelona
(Übersetzung)
Zeitschrift FÜR SIE
Zürcher Zeitung

SCHULE UND STUDIUM

Bescheinigung der Universidad de Barcelona
Proficiency Certificate of Cambridge
Zeugnis der Allgemeinen Hochschulreife

Als Kind liest sie am liebsten *Die Abenteuer des Nils Holgersson*, die elterliche Couch wird regelmäßig zum Safari-Jeep umfunktioniert und Märchen taugen nur dann zum Einschlafen, wenn sie aus tausend und einem exotischen Flecken dieser Erde stammen. Später durchforstet sie die GEO-Seiten und Journalisten-Biografien, und per Interrail und Flugticket erobert sie vom gutbürgerlichen Garten aus zunächst Europa, und dann den Rest der Welt: Thailand, China, Australien, Südamerika, USA – bis zum winzigen Inselkönigreich Tonga ist kein Fleckchen Erde sicher.
Immer im Gepäck dabei: Fotos, ein Tagebuch und ein Schmöker der chilenischen Schriftstellerin Isabel Allende: *Eva Luna*, die Erzählung von der Frau, die geboren ist, um Geschichten zu erzählen ...

FORM

Die Form ist im Großen und Ganzen in Ordnung, jedoch sollte die Reihenfolge mit dem Volontariat beginnen. Etwa so:

STUDIUM UND AUSBILDUNG

Seit 08/01	Volontariat beim ORF, Feature-Redaktion	Wien
10/99 – 06/01	»Estudias latinoaméricas«	Barcelona
07/98 – 06/99	Volontariat bei der Zürcher Zeitung in den Ressorts Kultur, Politik und Vermischtes	Zürich
07/01 – 09/01	8-wöchiger Sprachkurs in Guatemala	Antigua
07/88 – 06/98	Schönborngymnasium (Abitur 1,3)	Bremen
09/95– 06/96	Austausch nach England (Proficiency Certificate of Cambridge)	London

INHALT
Auch hier gilt die Zaubermacht der wunderbaren Vielfalt. Der ganze Lebenslauf ist angelegt auf die Demonstration eines großen Erfahrungsschatzes und weiterer Interessen: Das zeigt sich in der Zahl der Orte, in ihrer Herausstellung, in der Wahl der Studienfächer, in den Praxiserfahrungen in verschiedensten Rubriken der Medienwelt und nicht zuletzt in den Hobbys und Ehrenämtern. Diese bieten eine optimale Interessenkombination für die Berichterstattung aus Gesellschaft und Leben: Kunst, Kultur, politisches Engagement, Offenheit und Abenteuerlust.
Nur zum Studium ein Minuspunkt: Hier könnte Rosa, auch wenn sie aus dem zweijährigen Studium in Spanien keinen in Deutschland anerkannten Abschluss mitgebracht hat, doch ein paar Worte mehr über Inhalt und Themen verlieren, also in etwa so:

10/99 – 06/01	»Estudias latinoaméricas« (Spanische Linguistik und Literatur, Politik und Geschichte des spanischsprachigen Raums auf dem amerikanischen Kontinent) an der Unversidad de Barcelona

Noch ein Wort zu den Anlagen, genauer gesagt, zum Punkt Zeugnisse und Bescheinigungen aus dem Ausland:
Zeugnisse, die nicht auf deutsch ausgestellt sind, solltest du dann in übersetzter Form beifügen, wenn du nicht davon ausgehen kannst, dass der Arbeitgeber die fragliche Sprache beherrscht und dann, wenn die Zeugnisse tatsächlich fachlich wertvolle Information bieten. Im Fall von Zertifikaten, die überall auf der Welt ähnlich aussehen und auf denen häufig nicht mehr steht als Name von Kandidat und Institut kannst du ohne weiteres auf eine Übersetzung verzichten. Solche Unterlagen und Urkunden können bei schöner Gestaltung höchstens in Originalform etwas zur besonderen Note und dem gewissen Etwas deiner Bewerbung beitragen. Ein Zertifi-

kat mit Goldrand und arabischen Lettern etwa verhilft schnell zu einem Hauch von Exotik. In Übersetzung auf DIN A 4, computergedruckt und in standardisierter Formulierung, bliebe davon nur Langeweile.

Zu guter Letzt wollen wir dir am Beispiel Rosa Plüsch noch einmal die Wichtigkeit von ersten Berufserfahrungen und Praxis außerhalb des Studiums und auch unabhängig vom Studium ans Herz legen. Natürlich ist der Journalismus für dieses Thema eine besonders dankbare Branche, schließlich führt der Weg in die Redaktionen dieser Welt nur über Hospitanzen, Volontariate und freie Mitarbeit. Aber unabhängig davon gilt auch für alle anderen Branchen: Kein Personalchef holt sich gerne reine Theoretiker ins Haus. Auf dem Arbeitsmarkt geht es heute um Praxis- und Alltagstauglichkeit, um Flexibilität, soziale Kompetenz und gesunden Menschenverstand. Und all das bekommt man nun einmal nicht an der Uni.

BEWERBUNG

als Geschäftsführerin

Johanna Möwe

Dipl. Betriebs- und Reiseverkehrskauffrau

Wolkenweg 38

23478 Flughausen
Tel: 2345 – 98452
Email: turzflu@t-online.de

bei TRAVEL&more AGENCIES

LEBENSLAUF

Johanna Möwe

Wolkenweg 38
23478 Flughausen

Tel: 2345 – 98452
Email: turzflu@t-online.de

PERSÖNLICHE DATEN

geboren am 10. Januar 1979
in Göttingen
unverheiratet, ungebunden

LEBENSLAUF

10/97 – 03/02	Studium der Betriebswirtschaftslehre an der Georg-August-Universität, Göttingen Schwerpunkt: Touristikbetriebswirtschaft Abschluss: Diplom
10/99 – 06/00	Auslandssemester an der University of New Hampshire Maine, New Hampshire, USA
08/97 – 10/02	TUI-Reisebüro, Göttingen (Teilzeitarbeit zur Finanzierung des Studiums)
10/96 – 08/97	2. Bildungsweg: Abendgymnasium, Göttingen
10/94 – 07/96	Ausbildung zur Reiseverkehrskauffrau; Reisebüro Kranich, Göttingen
01/95 – 08/95	Praktikum im Hotel Grünkern, Göttingen Service und Gästebetreuung
10/84 – 07/94	Willy-Brandt-Realschule, Göttingen Abschluss: Mittlere Reife

SEMINARE UND FORTBILDUNG

Zertifikatslehrgang »MS-Office-Paket« zu den Anwendungen Excel und Powerpoint
Seminar Zeitmanagement
Seminar »Psychologie und Verkauf«
Seminar zu Werbungs- und Marketingstrategien
Spanisch-Hochschulkurs

SPRACHEN UND EDV

Englisch: fließend
Spanisch: Grundkenntnisse

MS-Office-Anwendungen: Word, Excel, Powerpoint
Adobe Photoshop
Internet

Flughausen, 05.03.02

ANLAGEN

Diplomzeugnis der Georg-August-Universität, Göttingen

Arbeitszeugnis der TUI-Filiale, Göttingen

Zeugnis der Allgemeinen Hochschulreife

Arbeitszeugnis Hotel Grünkern, Göttingen

Kaufmannsgehilfenbrief zur Reisekauffrau

Ausbildungszeugnis Reisebüro Kranich

1992: »Mädsche, ick hör wohl nich recht – Wat willst'e? Studieren? Faulenzen und deinen Alten auf der Tasche liegen? Nee, nee. Dat vergiss man wieder ...«
»Aber ...«
1992: »Wie? In 'ne Reisebransche? Ja, wat denn, wer hat dir denn de Kopp in die Wolken gesteckt?...«
»Aber...«
1993: »So'n ausjewachsenes Frauenzimmer und nochmal in ne Schul?...«
»...«
1994: »Wat? Uni? Von mir gibt's keen Pfennich, is det klar?
»...«
»...«
1999: »Wat denn – zu de Amis? Ja, Kleene, hast'e dir denn det auch gut überleecht?...«
»...«
2000: »Ja, wissen'se Frau Schmeier, meine Kleene, die leitet jetzt 'n ganzes Hotel drüben in Amerika. Jaja, ich hab's ja immer jesacht, aus der Göre wird nochmal wat ...«

Auch wenn der Herr Vater hier ein bisschen dick aufträgt, sicher ist, dass Fräulein Tochter sich tatsächlich und trotz elterlichen Hindernisparcours in der Wunschbranche weiter und weiter hinaufgeackert hat.
Und genau das sieht man dem Lebenslauf auch an. Und genau darauf kommt es an:

FORM

Erinnerst du dich? Grundsätzlich hatten wir dir zur Aufteilung nach Themenüberschrift geraten. Nun, hier machen wir eine Ausnahme. Die logische Stringenz der chronologisch geordneten Lebensdaten wirkt in diesem Lebenslauf wie ein demonstrativ nach oben gerichteter, roter Pfeil. Stufe für Stufe arbeitet sich hier jemand konsequent und beharrlich zum Wunschziel, da ist es doch klar, dass diese Schritte auch optisch aufeinander stehen bleiben.

INHALT

Was Beruf und Ausbildung angeht, so sind hier alle wichtigen Bestandteile vorteilhaft kombiniert: Ausbildung, Praktika, Berufserfahrungen und Studium – alles spielt sich im Bereich von Reise und Tourismus ab. Man glaubt der Kandidatin hinter diesen Daten sofort, dass sie sich in der einmal gewählten Branche zu Hause fühlt. Auch die Seminare und Fortbildungskurse bilden hier eine optimale fachliche Ergänzung.

Dennoch unterläuft unserer Kandidatin ein dicker Fehler: Sie vergisst, auf ihre Hobbys, Interessen oder evtl. Ehrenämter einzugehen. Das mag sich banal anhören – was gehen schon den Arbeitgeber mein Privatleben und meine Freizeit an –, doch der Kasten am Ende des Lebenslaufs, wo sich derlei Persönliches meistens findet, ist häufig der allererste Blickfang für Personalchefs.

Der leitende Gedanke dabei ist der Versuch, eine Vorstellung vom Menschen hinter den Zahlen, Daten und Fakten zu bekommen: Welche Interessen hat er, wofür engagiert er sich, womit verbringt er freiwillig seine Zeit? Kurz und gut: Mit wem habe ich es zu tun?

Und da hätte Johanna Möwe durchaus noch einmal die Chance, weitere Pluspunkte zu sammeln. Denn welcher Chef aus Reise- und Tourismusbranche würde bei folgender Ergänzung als optimale Abrundung eines ansonsten sehr gelungenen Lebenslaufs nicht schwach werden?

Hobbys und Interessen

River rafting, fremdländische Küchen, Reisen, vorzugsweise in östliche Länder, alte Religionen

Alles in allem bleibt es dabei: Ein gelungener Lebenslauf!

BEWERBUNGSUNTERLAGEN

für das

STUDIO FÜR ERNÄHRUNGSBERATUNG

DR. AMBROSIUS

Tanja Thor

geboren am 16.12.75
in Würzburg am Main
Rinnigstraße 3
96173 Oberhaid

Tel: (0 83 47) 68 47

von Tanja Thor

staatlich geprüfte Diätassistentin

LEBENSLAUF

Tanja Thor

PERSÖNLICHE DATEN

geboren am 16.12.1975
in Würzburg am Main

AUSBILDUNG

10 / 97 – 09/ 00	Ausbildung zur staatlich geprüften Diätassistentin an der Berufsfachschule für Diätassistenten am Klinikum der Universität Würzburg Ausbildungsschwerpunkte: Ernährungslehre, Ernährungpsychologie und -soziologie
10 / 99 – 03 / 00	Praktikum am Uniklinikum Würzburg, Diagnosespezifische Diätplanerstellung und Rezeption in der Großküche Patientenberatung
07 / 95 – 09 / 96	Abendgymnasium Abschluss: Abitur (Note 1,9)
92 – 93	Ausbildung an der Knerrev–Schule für Physiotherapie, Kitzingen
81 – 92	Schulausbildung in Grundschule und Radgen-Gymnasium-Würzburg, mathematisch-naturwissenschaftlicher Zweig

BERUFSPRAXIS

93 – 94	Pflegedienste im Kreiskrankenhaus Schloss Werneck
93 – 00	Mitarbeit in der Praxis für Physiotherapie von C.W. Wiederjung
93 – 97	Familienphase

FORTBILDUNG

Ausbildung zur Yoga-Lehrerin
Seminar zu Selbst- und Zeitmanagement
Seminar zu Effizienzsteigerung in administrativen Betrieben
Seminar zur Rolle des Kosten-Nutzen-Faktors im Gesundheitswesen
Diverse Computerkurse

SPRACHKENNTNISSE

Englisch: fließend in Wort und Schrift
Französisch: Schulkenntnisse

EDV

MS-Office-Anwendungen;
Programme: Winword, Excel, Powerpoint, Corel Draw

HOBBYS UND EHRENAMT

Vereinsmitgliedschaft in der Volleyballabteilung des TV Bamberg:

Aktiv als Spielerin in diversen Damenmannschaften
als Trainerin einer Jugendmannschaft
als stellvertretende Abteilungsleiterin

Mitglied der Initiative MMM e.V.:
Familie und Bildung – Mütter machen mobil

Bamberg, den 02.10.2000

ANLAGEN

AUSBILDUNG

Zertifikat zur staatlich geprüften Diätassistentin
Abschlusszeugnis der Berufsfachschule für Diätassistenten am Klinikum der Universität Würzburg
Zeugnis der Allgemeinen Hochschulreife
Zeugnis der Knerrev-Schule für Physiotherapie (Zwischenprüfung)

ARBEITS- UND PRAKTIKUMSZEUGNISSE

Praxis für Physiotherapie C.G. Wiederjung
Uniklinikum Würzburg
Kreiskrankenhaus Schloss Werneck

ZERTIFIKATE

Yoga-Ausbildung
Seminar zu Selbst- und Zeitmanagement
Seminar zu Effizienzsteigerung in administrativen Betrieben
Seminar zur Rolle des Kosten-Nutzen-Faktors im Gesundheitswesen
Computerkurs »Office 98«

> Als Kind ist sie die süße Freche mit der Stupsnase und nichts als Blödsinn im Kopf. Da finden es noch alle lustig. Die Grundschule stellt Tanni-Honey kaum vor ernsthafte Probleme, Focus des Interesses bleibt für vier Jahre der Kaugummiautomat im Pausenhof. Dann kommt das Gymnasium und damit neue Sätze von den Eltern: Du bleibst zu Hause, bis die Vokabeln sitzen. Bei Englisch mag das noch angehen, bei Latein aber ist das Fass voll. Was folgt ist ein Zyklus aus Schwindeln, Schule schwänzen, schlechten Zensuren. Bis es reicht, bis sie die Schule schmeißt. Eine Weile macht das Leben dann am meisten Spaß in diversen Gelegenheitsjobs, hier mal kellnern, dort am Tresen stehen, Geld verdienen ist ein gutes Gefühl und Nächte sind lang, wenn um acht Uhr morgens kein Wecker klingelt. Auf die Dauer aber soll es schon etwas Zukunftstauglicheres sein und bald geht ein Traum in Erfüllung: Ausbildung an einer Privatschule für Physiotherapie. Plötzlich ist Lernen alles andere als Quälerei und Praxis und Theorie halten sich die Waage.
> Mit den Fertigkeiten der Ausbildung lässt sich bald etwas dazuverdienen, als Masseurin jobbt sie weiter nebenbei, und Hotel Mama funktioniert zum ersten Mal seit Jahren wieder reibungslos und ohne Streitereien. Bis zum Besuch beim Frauenarzt. Pille schön und gut, aber der Schwangerschaftstest ist trotzdem positiv. Tja, und damit ist er erstmal aus, der Traum von Ausbildung und eigener Praxis, aber es gibt plärrenden Ersatz und eine glückliche Beziehung. Und – wie man sieht – das Thema Ausbildung ist noch lange nicht erledigt …

So weit zu Tanni-Honey. Was nach der Familienphase kam, zeigt der Lebenslauf: Abitur stand schließlich doch noch auf dem Programm, dem Bereich Gesundheitswesen ist sie treu geblieben und das Zertifikat zur staatlich geprüften Diätassistentin hat sie in der Tasche. Gute Chancen für die geplante Bewerbung bei einem der bundesweit vertretenen Studios für Ernährungsberatung nach Dr. Ambrosius.

Wie ist nun diese Bewerbung – oder besser der Lebenslauf-Bestandteil – gelungen?

FORM

Nach Themenüberschriften gegliedert gibt der Lebenslauf klar Auskunft über die wichtigsten Lebenslaufposten.
Die optische Gestaltung ist übersichtlich, ansprechend und eher konventionell.
Einziger Kritikpunkt an dieser Stelle ist, dass die Stationen der Ausbildung in chronologisch rückwärts laufender Reihenfolge aufgelistet sind, während die anschließenden Angaben zur Berufserfahrung in zeitlich authentischer, also von 93 – 99, laufender Reihe stehen. Generell ist beides möglich, aber wenn du dich einmal auf eine Version festgelegt hast, dann musst du auch konsequent bleiben. Und weil Tanni-Honey ganz richtig gedacht hat, wenn sie bei der Ausbildung mit dem fertigen Studium und nicht mit der nicht abgeschlossenen Schulkarriere anfängt, bedeutet das in logischer Konsequenz Folgendes:

Berufspraxis

93 – 00	Mitarbeit in der Praxis für Physiotherapie von C.W. Wiederjung
93 – 94	Pflegedienste im Kreiskrankenhaus Schloss Werneck

INHALT

Halb voll oder halb leer, das ist hier die Frage. Halb leer, das hieße: abgebrochene Schule, abgebrochene Ausbildung, relativ lange Familienphase, noch nie Vollzeit-berufstätig.
Zum Glück für Tanja Thor hat sie es geschafft, ihren Lebenslauf halb voll zu präsentieren:
Praxiserfahrungen im Pflegebereich bilden die Grundlage und Bodenhaftung, die abgebrochene Ausbildung ist durch Abendgymnasium und fertige Ausbildung mehr als wettgemacht, die Wahl von Schwerpunkten zeugt von Konsequenz. Der Physiothera-

pie-Schule sieht man den Abbruch auf den ersten Blick gar nicht an und passende Seminare und Fortbildungen runden das Bild ab.

Zwei Anmerkungen dennoch:

1. Die Familienphase könnte eigentlich auch draußen bleiben (siehe Kasten):

Durch die »Mitarbeit in der Praxis für Physiotherapie von C.W. Wiederjung« ist der Zeitraum zwischen 1991 und 2000 absolut abgedeckt, selbst wenn diese »Mitarbeit« sich vielleicht auf sechs Stunden pro Woche beschränkte. Das muss schließlich nicht im Lebenslauf stehen.

2. MMM – eine etwas heikle Geschichte. Mütter machen mobil, so positiv das für Mütter klingen mag, so suspekt ist es möglicherweise so manchem Verwaltungschef, vor dessen innerem Auge sich plötzlich Windeln und Anträge auf Mutterschaftsurlaub auf dem Schreibtisch türmen.

Oder anders formuliert: Auf einer Bewerbung für Shell sollte unter »Hobbys und Ehrenamt« vielleicht nicht gerade stehen: »langjährige aktive Mitgliedschaft bei Greenpeace, Amnesty International und RRM e.V. – Initiative – Rettet die Mangrovenwälder.«

Aufmunternde

Auch wenn dir der Kopf schwirrt,
fass dir ein Herz,
greif zu Stift
bzw. Maus und Tastenreihe –
und auf zum Beweis,
dass du es besser kannst.

Worte zum Schluss

Das Ende – der Anfang

Ja, und damit, ob du es nun glaubst oder nicht, damit wären wir am Ende dieses Buches.
Du allerdings, du stehst wieder ganz am Anfang, da nämlich, wo die Frage steht, wie das Leben so läuft und bisher gelaufen ist.
Diesmal allerdings müsste dir die Antwort entschieden leichter fallen: Du hast dir lange und ausführlich Gedanken über das Füllmaterial gemacht, weißt, für wen du es aufbereiten willst und hast dir genügend Beispiele angeschaut, um zu wissen, welche gestalterischen Möglichkeiten du hast, wie man formuliert und was man überhaupt sagen kann, muss, sollte. Kurz und gut: Du bist bestens vorbereitet und eigentlich kann gar nichts mehr schief gehen. Also, nichts wie hin zu Schreibwarenladen und Computer.
Wir lehnen uns so lange gemütlich zurück und warten auf das Ergebnis.
Und dann schauen wir uns das Kunstwerk noch einmal abschließend an, damit wir auch eine letzte Checkliste noch kontrollieren und abhaken können. Nur zur Sicherheit noch mal die wichtigsten Punkte und beliebtesten Fehler:

- Hast du deinen Lebenslauf in allen Bereichen mit Anschreiben und Anlagen abgestimmt? Das heißt: Hast du immer den gleichen Schrifttyp und dasselbe Papier benutzt? (Kopiere alles, auch Zeugnisse und Zertifikate auf dem gleichen Papier. Achte auf ein einheitliches Erscheinungsbild.)
- Stimmen auch das Datum auf Anschreiben und Lebenslauf überein?
- Hast du Jahreszahlen und Bausteine des Lebenslaufs noch mal auf Vollständigkeit überprüft?
- Stimmt die Anordnung deiner Zeugnisse mit dem Anlagenverzeichnis überein?
- Ziert deinen Lebenslauf die handschriftliche Unterschrift?
- Ist auch bestimmt nichts geknickt, gelocht oder gefaltet?
- Und schließlich: Hast du eine würdige Verpackung gefunden? (am besten weißer DIN A4-Umschlag mit Papp-Rücken)

Ja? Stimmt alles? Na dann, dann atme tiiiieef durch, fass dir ein Herz, klebe kurz entschlossen den Umschlag zu, und stecke dein Werk mutig in den gelben Kasten, nicht ohne vorher Adresse und Frankierung mindestens ein halbes Dutzend mal kontrolliert zu haben, versteht sich.
Danach allerdings, danach hast du dir definitiv etwas Erholung und Seelenpflege verdient. Wie wäre es zum Beispiel mit einem Nachmittag auf der Couch, mit Brigitte YOUNG MISS und Träumen von einer Zukunft im Traumjob? Oder einmal Shopping mit Freundinnen? Oder einem Kinobesuch?
Oder – so ganz nebenbei bemerkt – einem Stadtbummel? Da kannst du dann sogar gleich in die nächste Buchhandlung schauen und wer weiß, vielleicht läuft dir ja etwas Passendes und Faszinierendes über den Weg?
Zum Thema Probezeit etwa ...
Wir meinen ja nur ...

Dank

An dieser Stelle möchte ich mich ganz herzlich bei allen bedanken, die mich bei der Erstellung des Buches tatkräftig unterstützt haben.

Mein ganz besonderer Dank gilt Anna Stretz, ohne deren spritzige Ideen dieses Buch nicht zustande gekommen wäre.

Wenn du weitere Informationen zum Thema Bewerbung haben möchtest oder du dich für eine persönliche Berufsberatung interessierst, dann kannst du dich direkt an mich und mein Team wenden:

[beruf + konzept]

Telefon: 0 30 / 85 07 76 56
Fax: 0 30 / 85 07 76 57
E-Mail: miss@beruf-konzept.de
Homepage: **http://www.beruf-konzept.de**

Informatives rund um das Thema Job und Bewerbung findest du auch in der monatlich erscheinenden Zeitschrift Brigitte YOUNG MISS und auf ihrer Website **http://www.youngmiss.de**.

Sabine Hertwig

Register

Die Stufen zum Erfolg

11297

16428

16467

Mosaik bei GOLDMANN

Erhältlich überall dort, wo es Bücher gibt.